月色江河◎著

淮钢记

胡 弦　　刘 川　　何言宏　　推荐阅读

非虚构性写作　　新工业诗写作　　现代主义写作

北方文艺出版社

哈尔滨

图书在版编目（CIP）数据

淮钢记/月色江河著. --哈尔滨:北方文艺出版
社,2024.4
ISBN 978-7-5317-6162-4

I.①淮… Ⅱ.①月… Ⅲ.①诗集-中国-当代
Ⅳ.①I227

中国国家版本馆CIP数据核字(2024)第052003号

淮钢记

HUAIGANG JI

作　　者 / 月色江河

责任编辑 / 金　宇　　　　　　　　封面设计 / 现当代文化

出版发行 / 北方文艺出版社　　　　邮　编 / 150008

发行电话 /（0451）86825533　　　经　销 / 新华书店

地　　址 / 哈尔滨市南岗区宣庆小区1号楼　网　址 / www.bfwy.com

印　　刷 / 成都市天金浩印务有限公司　开　本 / 880mm×1230mm　1/32

字　　数 / 180千　　　　　　　　　印　张 / 8

版　　次 / 2024年4月第1版　　　　印　次 / 2024年4月第1次印刷

书　　号 / ISBN 978-7-5317-6162-4　定　价 / 48.80元

我的诗来自钢铁——

为钢铁立言　为钢铁立心　为钢铁立命

"诗人何为"的命题，会在一个诗人那里个体化，比如他会遇到"我在此地？我怎么做？"的问题，诗歌写作也因此进入一个靠近另外源头的支流。月色江河身在钢铁企业，在那里，只有他一个诗人，他眼中所见也是我们从未目睹的生活。他需要处理其他诗人从没面对过的问题，需要从另外、甚至不为人知的体验"重返"诗歌，并再次思考"诗歌是什么"。毫无疑问，他做得很棒。

　　——胡弦（诗人、《扬子江诗刊》主编、江苏省作家协会副主席，曾获鲁迅文学奖）

　　我不知一个诗人何以有这么多变数，比如，月色江河突然进入工业题材，在"淮钢"之中，既触及大块和坚硬，又抚摸柔软与微细。当代诗歌更多是个体体验，而一个时代公共的部分、集体的部分，或者特殊的部分，往往被搁置或回避，这是一种对珍贵的现实的浪费。故而，当月色江河以他特殊的目光、语法和思辨，进入个体经验与集体命题的交汇地带，智慧和勇气，何其大矣！

　　——刘川（诗人、《诗潮》主编）

　　月色江河根据自己独特的生活经历和对转型时代中国社会的体验与思考，在对古今中外诗学思想特别是对当代中国工业题材诗歌经验充分借鉴的基础上，一方面努力建构和形成自己的诗歌观念，决意超越；另一方面，又将诗思与笔触深深扎入其所处身多年的钢铁工人的世界，书写和表达钢铁工人的精神与生存，力图以其诗篇为我们这样的时代提供更多的阳光、热力与豪情，难能可贵。

　　——何言宏（上海交通大学教授、博士生导师）

序
我的诗从钢铁走来

——月色江河诗集《淮钢记》

汪　政

　　月色江河的《淮钢记》即将付梓，承他信任，要我在前面说几句话，作为多年的朋友，理当祝贺。

　　和月色江河结识是因为他的文学批评，那是许多年之前了，经朋友介绍，我知道了业余从事文学评论写作的月色江河，看了他的文字，真诚、朴实，和他的人一样。月色江河在淮安，供职于企业，可偏偏爱上了文学，他的评论主要以地方的作家作品为主要研究对象，不好高骛远，怀着一颗热诚的心对身边的文学进行观察、批评与研究，且能成一家之言，这是非常不容易的。后来，我又知道了他的诗人身份，不仅自己勤奋创作，而且热心诗歌事业，越发令人钦佩。我时常想，中国的文学之所以有深厚的土壤，丰茂的林木，正是因为无数的月色江河的坚持与耕耘吧！

　　月色江河的这本诗集是一本主题性的作品，正如书名《淮钢记》所提示的，它是以诗人长期工作的淮安钢铁集团为书写内容的，是一本工业题材的诗集。

　　这当然非常有创意，也有难度与挑战性。现代工业近几百年才兴起，工业文学或工业诗歌的出现就更短了。中国的工业诗歌几乎是与"五四"新文学运动一起成长的，算起来不过一百多年。从审美经验史说，人类经过漫长的农牧文明，形成了与之相适应的审美方式，包括生活场景、内心世界、自然万物以及在此基础上的虚构想象，所以，人类迄今为止的审美内容以及对事物的审美处理方式大都完型于农牧文明。相对而言，这些方式还不能自如娴熟地处理自十八世纪以来的工业世界，虽然当今的世界以及生活方式已经非常现代化了，但是，人们的审美还基本上是前现代化的，不管是审美内容还是审美形式。因此，工业诗歌在今天仍然是一种未曾定型的、需要探索的，更需要人们自然接受的审美类型。

中国的现代工业诗歌大概有过四次浪潮。一是"五四"以后的二三十年代。非常幸运与巧合的是，这也正是中国新诗发生的时期，如果不是新诗的出现，还真不好说中国的工业诗歌到何时才能出现或者以什么形态出现。当然，这是个不可证伪的话题。但是，中国古典诗歌目前尚未贡献出成功的工业书写经验确是事实。这第一次的工业诗歌浪潮是与中国现代性的发生、与中国工业的现代化和民族工业的兴起同步的，诗人们一边欢呼现代工业的伟大以及它对社会与国家带来的巨大变革，欢呼工人阶级这一新的社会力量的诞生，一边又对现代产业工人的艰苦生活与不公命运表达同情与抗争。第二次工业诗歌浪潮是在二十世纪五六十年代。当时的中国迎来了社会主义经济建设的高潮，国家建设的成就以及以工人阶级为主体的建设者的巨大热情成为这一次浪潮的主题，同时又承载了当时的国家话语，表现出浓重的主流意识形态色彩。第三次工业诗歌浪潮起于二十世纪八十年代，其内容与表现形式呈现出复杂性。有对思想解放与改革开放的欢呼，有对多种社会文化思潮的探究，有对现代性与工业文明的反思，加上以朦胧诗为起点的现代诗歌形式的实验，中国的工业诗歌迎来了前所未有的革命与蜕变。第四次中国工业诗歌浪潮开始于二十世纪九十年代末二十一世纪初。以南方工业城市群落和打工群体为基料，这次工业诗歌对新的工业生态与新工人群体的命运进行了审美发酵，表现形式趋于沉潜和写实，同时，在现代工业的诗歌化上进行了更自觉的审美探索。

作为一个批评家和诗歌工作者，月色江河对中国现代工业诗歌的历史演变一定有过深入的思考，当然，它们也是《淮钢记》写作的背景。看得出月色江河的作品对中国现代工业诗歌传统的继承。他的淮钢专题作品表现出很强的时代特色，虽然从题材上看，《淮钢记》有着明显的企业界限，但是，月色江河始终将这一题材镶嵌于中国现代化的进程，将钢铁工人的形象以及他们的命运作为作品重要的表现内容，注重在宏观的社会与文化背景上去书写"淮钢"。从创作时间看，《淮钢记》的大部分作品写于二十一世纪，因此，它与前几次中国现代工业诗歌有着明显的区别，它有自己审美上的向度，有自己的美学个性。具体说，月色江河试图解决工业诗歌化的问题，力争在农牧文明审美传统上形成工业时代新的审美方式。我以为这是抓住了工业诗歌乃至工业文学的根本。

在月色江河看来，既要看到农牧文化和审美与工业文化和审美的区别，又要看到它们之间的联系。毕竟作为审美主体的人在长期的历史积淀中已经形成了普遍的审美心理结构，同时，作为人类的生产劳动实践，农牧与工业在形而上层面也有着本质的联系。所以，借鉴农牧审美经验书写工业不仅可以迁移人们的审美体验，而且可以接续和延长人类的审美文化史。比如，在以钢铁和钢铁工人为书写对象时，月色江河注重从生活、人与审美风格这些较普遍的审美领域去把握审美对象。《一颗红心》《落雪的冬夜》《蹲在生产线上吃饭的人》《炉长的笔记本》《躺在地上休息》《车间的"福"字》等作品从不同的角度描写了钢铁工人的生产与生活场景。车尔尼雪夫斯基说，美就是生活，抓住了生活，就抓住了人的本质，抓住了人的感性状态，不管人在何种空间，生活总是相通的，也总会引发共情。《给标识工兼致小妹张艾萍》《汪师傅》《写给邵文同》《老吴》《闯进我梦中的工友》《工友之死》等作品都是写人的。不管表现怎样的生活与生产场景，人都应该是审美的中心，文学是人学，这在任何题材的作品中都是适用的。可以说，《淮钢记》是工业诗歌，是钢铁诗歌，更是人的诗歌。所谓人的诗歌，就是说月色江河始终把人放在中心，去写人物，或者以人的眼光去看这个钢铁的世界。一旦将人放在诗歌的中心，许多传统的审美维度就会再次被打开，比如情感。《这些年》《好兄弟》《表达》《我不知怎样才能离开你》《叫一声钢铁》《遇见》《多一块骨头》《多想》《对你的爱越深》等诗作可以说都是深情之作，它们写尽了亲人之爱，工友之爱，写尽了钢铁之爱。

如前所说，《淮钢记》一个重要的特色是对劳动的赞美，这也是月色江河打通工业文学与传统农牧文学的一个成功的审美策略。马克思美学从历史唯物主义的角度说就是劳动美学。马克思反复强调，劳动是人与动物本质的区别，正是人的有意识的生产劳动创造了美，所以，马克思说，人是按照美的规律来造型的。工业美学与农牧美学不同的是劳动对象与生产工具，不变的是创造，是人的本质的对象化，是人的全面发展与自我价值的实现。月色江河不仅凭此将工业诗歌统摄到了劳动美学中，更由此克服了现代工业在审美上与人的隔阂。这是一个坚强的审美基石，它不但承续了人类的审美史，而且可以克服自工业革命以来人们对技术的恐惧。这是《淮钢记》给我们的启示。《我不会写我的劳动是低微的》《让劳动回到最初的状态》等作品就直接讴歌了劳动。一旦将劳动作为审美的中介，我们确实可以超越现代工业与农牧的历史差别，形成审美的融合。在月色江河的笔下，现代工业、钢铁、农牧、自然可以共处于同一个审美的天空下，可以一起分享审美的规律与诗歌的经验。这使得《淮钢记》的许多作品褪去了火气，将钢铁置于古典语文的优雅之中。《这是一片大森林》《最后的麦子》《庄稼汉》《种着庄稼》《钢城秋色》《锄禾》《放牧》《马群》《雷声响起》《布谷声》《瞧见星星的地方》等作品都是以农牧美学的方式书写钢铁与钢铁生产场景的，这里面不仅动用了古典诗学的许多经验，更涉及大量具体的诗歌手法与语言技巧。

需要说明的是，月色江河是在劳动美学的基础上去认识现代工业与农牧之间的审美共性的，而不是将两者进行简单的比附与喻指，将它们合二为一。正是在这一点上，《淮钢记》体现的是真正的现代诗学。也因为这一坚强的美学基石，月色江河并没有停留在古今审美的共通上，更没有以古代审美经验同化现代工业，而是努力探索如何将现代工业审美化、诗歌化。除了上述有效的途径外，他在如何直面和正面书写现代工业，描写、提炼、塑型、晶化钢铁上的努力更值得重视。对现代诗歌而言，困难的不是如何处理那些被古典美学成功美化过的、从而自带诗意的内容，而是如何面对不断涌现的现代生活、现代事物与现代的人，特别是现代科学技术，这些陌生于传统美学的未被诗化的领域，它们需要我们去审美化。我以为，在这方面月色江河做了成功的探索。《淮钢记》是可以作为现代工业审美化、抒情化与诗化的样本的。不妨仔细读读这些作品，如《你好！钢铁》《一块矿石的今生》《我是钢铁的一部分》《小憩时，我在写诗》《我的诗从钢铁走来》《我是个懂得钢铁的人》《致一块焦炭》《与钢铁交谈》等，这些作品有一个共同的对话性的结构，那就是"我"与"钢铁"，不要小看这个结构，这是月色江河寻找或建立起来的人与钢铁的审美关系，没有这样的关系，人与钢铁永远是陌生的，钢铁永远不可能成为人的真正的审美对象，不可能将其在美学意义上成为人本质的对象化，也不能使其作为自然的人化在审美上得到表现。我非常欣赏《阅读钢铁》《钢铁工人的语言》《词汇表》等作品，它们几乎可以称得上"钢铁审美指南"。在这些作品中，我们不但体会到了一个钢铁人的精神世界，他对钢铁的爱，更有他对钢铁的思考，对钢铁与钢铁工业审美元素的梳理、理解与认知。这类作品的意义超越了钢铁，它对如何将现代技术审美化都具有启发意义。

《淮钢记》有一个特色，那就是创作与评论并重。除了月色江河的诗作，评论家苗雨时和胡健先生以及诗人十品都撰写了卓有见地的评论。他们对工业文学与这本主题诗集的特点进行了认真的分析。这对我们理解月色江河的诗作，特别是思考中国工业诗歌有着很大的帮助。

祝贺月色江河新作问世，更赞赏月色江河对工业诗歌所做的成功探索。

2022 年重阳节于南京玄武湖畔

汪政，中国作家协会会员，文学创作一级职称。江苏省作家协会副主席，江苏省文艺评论家协会主席，中国作家协会文学理论批评委员会副主任，中国小说学会副会长。南京晓庄学院教授。二十世纪八十年代开始从事中国现当代文学研究与文艺评论，发表论文、评论、随笔数百万字，独著、合著十余部。先后主编、参编大、中学教材，并获多种文学奖项。

第一辑 风景线上

第二辑　生命风铃

第三辑　心灵短笛

第四辑　人物速写

附录：相关评论

第一辑

风景线上

这是一片大森林

给每一锭钢，每一根材，起个植物的名字
这是诗人最浪漫最美好的举动
转瞬间，钢铁的世界就变成一片大森林
这是白桦、冬青、松树、海棠
那是红榉、红松、云冷杉、椴树
这边是第伦桃、色木、乌桕、榆树
那边是水曲柳、槐树、水杉、香樟
还有梧桐、柞树、胡桃楸、乌心石、黄栌……
一行行，一排排，一丛丛，一簇簇
连在一起，密密麻麻，郁郁葱葱，蓬蓬勃勃
林中，还有各种奔跑的动物
炉声啼着布谷的清脆
吊车奔跑成长颈鹿的身影
铁水车在前进中有着大象的雄壮……
这是一片最走心的丛林
每棵植物都在纵情着阳光的灿烂
每个动物都在奔跑着春天的美丽
在大森林中我不做王子
我属兔，就做一只白兔
然后，把自己活成一个美丽的童话

即使一万年过去

相信，我的子孙们还会把星星种上天空

（2019 年 8 月 16 日）

雷声响起

雷声响起
从炉台滚过
从身边滚过
从心中滚过
像汹涌的波涛
扑打着岁月

春天有雷声
夏天有雷声
秋天有雷声
冬天有雷声
雷声中我们走过四季

雷声是速度
雷声是号子
雷声是节律
雷声是颜值
雷声是心跳
把我们的日子
打得脆生生香喷喷

打雷不是为了下雨
是替电炉发出呐喊
是替我们生根、发芽、开花和结果

记得多年前一串雷声
像一把利剑直逼我内心
在生活的低暗处
炸响一片阳光
向天空更高更远处生长

（2019 年 8 月 4 日）

布谷声

把轰隆的炉声
想象成布谷声
这是我独特的感受

由低到高、由近而远的啼鸣
绕过炉台、转炉
飞向真空炉、连铸机
像光着脚丫的月光
跑进一片田野

炉台中心
是布谷的高音部
它伴着合金的口哨声
连铸机松涛般的和鸣声
以及行车奔跑的欢快声
仿佛春天披着一袭华美的长裙
向我款款走来

这个清晨
我被布谷的清唱

一次又一次打动

在它飞过的地方

稻谷在秋风中摇动着醉人的姿态

（2018 年 10 月 17 日）

炉　声

鲁契亚诺·帕瓦罗蒂没有死
他又回到人间

第一声响起
原野上的雪纷纷脱掉了棉袄

又一声响起
春风披着绿色的风衣行走在大地

再一声响起
百灵鸟正在春天大森林中举行一场盛大的音乐会

下一刻还会发生什么，我不知道
我坚信，动人的旋律是不会被严寒冻伤的

（2020 年 3 月 15 日）

数钢花

一、二、三、四、五、六……
劳动之余
我喜欢站在炉台前
伸出手指
数着钢花
像我小时候坐在家门前
数着天上的星星

钢花很调皮
我指着这朵
它腾地一下跳到那边
我点着那朵
它又哗地一声蹦到那边

数了几十年
从没有数清过
我一直乐此不疲
爱是一则古老的寓言
它好似西西弗斯一遍又一遍推着石头

淮钢记

出钢的铃声又响了
我又一次站在炉台前
伸出手指
数着钢花
一、二、三、四、五、六……

（2019 年 12 月 26 日）

放　牧

握着钢钎
我像握着一根羊鞭
放着一群钢花

这是我心爱的羊群
它们成群结队
奔跑在钢包的山坡上
追逐着新鲜，追逐着肥美
饿了，低下头咀嚼
饱了，在地上打着滚儿

密密麻麻的羊
挤满漫山遍野
这些淋着风雨的生命
不因为卑微，就拒绝阳光
每一只都装着一颗春天的心

夕阳西下
我和羊群们走在一起
互为嬉戏

此时，我觉得自己
就是它们中的一员

（2017 年 4 月 20 日）

钢花盛开

哇，好大好美的一片山花

每一朵都是我心爱的孩子

我像一位父亲

张开双臂

先抱抱这个，再抱抱那个

孩子们很调皮

一会儿，这个孩子从我怀里挣脱

一会儿，那个孩子又扑进我怀抱

俯下身

亲一亲这个孩子的脸颊

吻一吻那个孩子的额头

出钢时节

我沉醉在做父亲的喜悦之中

（2019 年 7 月 27 日）

我们的孩子

夜空的孩子
是一颗颗星星
我们的孩子
是一朵朵钢花

天上的孩子
三个一群，五个一伙
说着、笑着、闹着
有的还跑到银河边乘凉
我们的孩子
乖巧，听话
围着我们，又是唱歌，又是跳舞
书写着幸福的时光

天上的孩子很遥远
我们的孩子近在咫尺
一天，女记者来钢城采访
好奇地问这些孩子
你们最喜爱谁呀
孩子们眨着美丽的大眼睛
齐声说，父母呀

（2016 年 10 月 1 日）

巧笑倩兮

巧笑倩兮
美目盼兮
的钢花

一律穿着旗袍
用红的火，紫的霞
把自己打扮成
一看倾人城
再看倾人国

喜欢舞蹈
是她们的天性
细长的腿
跳出架子鼓的节奏
小蛮腰
扭起铜管音乐的色泽
脸上的笑容
拉出倍大提琴的灿烂

我精挑细选了"美轮美奂"一词

淮钢记

想为她们代言
还未登场
就羞愧地败下阵来

无计可施
我只好选择做一名钢铁工人
这样，就可以
天天守候她们
做她们的狂热支持者

（2019 年 11 月 29 日）

比　美

穿着红袄短裤的钢花

美丽、性感

跳起广场舞

个个美轮美奂惹得我的心

像被一根羽毛撩拨似的

走向她们

我摆出一个盛开的造型

想和她们比一比

看谁更美

（2010 年 9 月 7 日）

这里的星星

这里的星星
不在天上
在钢城
它们名字叫钢花

这里的星星
喜欢跳广场舞
围着钢包
跳出大地的风情

这里的星星
盛着太阳的光芒
一路花香
装饰着我的平生

这里的星星
喜欢对我微笑
我愿用一生的时间追摘
哪怕像夸父倒在邓林

（2018 年 8 月 16 日）

钢　花

没有一朵我不熟悉

没有一朵没陪过我

白天我们相濡以沫

夜晚你也不肯放过

用一个梦让我高过星辉

看吧，满天的星星

是你滚烫的心跳

就是有风有雨又何妨

只要我们紧紧依偎在一起

就是离开了

也能成为大地的传奇

（2019 年 9 月 26 日）

钢水辞

一切是那么安详、从容、简单……

开始时，像二月的残雪在消融，在呐喊
渐渐地，化作风调雨顺，风和日丽，春暖花开
最后，变成云霞满天，百鸟朝凤，万马奔腾，五谷丰登

（2019 年 10 月 31 日）

诞生记

到了预产期
转炉的腹部起伏着
阵阵疼痛

天地静穆
晨曦从厂房外伸出头来
想见证
这高光的时刻

更大的疼痛
是死亡的缠绕
黑暗的阻击
旧事物的挽留
随着一声清脆
羊水破裂
新生儿跨越寒冬
与太阳一起临盆

手握钢钎
我像一位助产师

淮钢记

拿着一把剪刀
顾不上擦一把汗
渴望的心
以巨大的热情
迎接一个崭新的生命

（2018 年 4 月 2 日）

冶 炼

摘下星星，采来月亮
今夜，我站在炉台
冶炼着一炉太阳

这是个有关春天的故事
与时俱进的弧光
和继往开来的钢钎
与开天辟地的神话进行对话
炉体以母性的包容与博大
收集着阳光、空气、电和时光
在夜色的最深处
精心熬制着一份浓郁的爱

黎明的窗口
风刮着浓烈的抒情
正负两极的电流以电极为中心
撕咬着荒芜、痛苦和黑暗
匍匐、隐秘与突进的心脏
在炉声中发出嘹亮的呐喊
在时间和空间的枝叶上互为共鸣

淮钢记

热情、呼唤、钟爱和创造
构成钢城临产时最美妙的乐章
如此，我紧握的岁月
以精准的数字和科学
在上下忙碌中
把一个谜底解密

冶炼的过程
是凤凰涅槃的过程
当我舞动的钢钎
扼住黑色、料峭、虚无和阴影
冲破伤口的结痂和疯狂的死结
夜的栅栏外
一轮太阳正喷薄而出

(2015 年 1 月 6 日)

马　群

经过夜的孕育
冲出炉体的钢水
似一千匹、一万匹、十万匹
奔腾的骏马

活蹦乱跳的远方
带着万古的热情和伟力
切断疼痛与忧伤
把梦垫成闪电的形状
把冰川的僵硬跑成春风的节奏
在葱翠的智能化生产线上
一路欢笑

现代赛马场不需要催眠曲
我以长风和史诗的名义
揪着暴雨，踏着冰雪
就是有点伤痛
也不需要创可贴
当浮躁的气球被人们仰视成高山时
我甘愿作马群中的一匹

淮钢记

东方既白
阳光打着滚儿欢叫
天地显得更加辽阔
现代工业中
马群是我创作的一部最新美学

(2008 年 8 月 27 日)

钢城秋色

一阵铃声响过之后
火树的钢水
绚丽的钢花
种出一片秋色
映红十里钢城

火红、热烈、明亮
是我熟悉的颜色
它远远超出我的想象
比二月花还壮美

朴实、饱满、沉甸
压弯秋天的腰杆
这是我深爱的丰收
红扑扑的
像挂在枝头上的苹果
多想咬上一口

淳朴、厚重、彻底
这是万类霜天竞自由的本色

淮钢记

它以集体主义和现代主义的光芒
映红炉台，映红脸庞
展示自己独特的魅力
让我不得不为它守候一生

（2017 年 10 月 10 日）

一块矿石的自述

今夜，我把自己想象成

一只怀有梦想的蛹

在最黑暗的地方

默默埋藏了数亿万年

感谢矿工同志拯救了我生命

感谢知遇的冶炼者

在我最痛苦的时候

把我从前世的记忆中

带到阳光地带

惊雷响过

活在高炉中的我

忍不住内心的喜悦

期盼一位炉前工

捅开出铁口

我知道，就是这个地方

一个灿烂的春天正从远方大步流星走来

（2017 年 4 月 10 日）

词汇表

石头、采石场、城墙、山谷、房屋、窗户、旗帜、沙漠、书信
儿童、士兵、眼睛、女人、炸弹、墓地、露特、父亲……
这是以色列诗人耶胡达·阿米亥的词汇表
他的写作主题是爱

钢铁、高炉、电炉、转炉、炉声、弧光、钢花、轧机、天车
七星瓢虫、蚯蚓、"五一"劳动节、老炉长、炉前工……
这是钢城的词汇表
它时而化作名词，时而化作动词
时而是形容词，时而是副词
沿着时光的小径
由过去时，进入现在进行时
然后，走向将来时
我的写作主题是劳动、神圣和热爱

（2017 年 12 月 16 日）

喜欢它

我喜欢它，不是因为它是银，是金
而是钢，而是铁

它的形，不是银之形，金之形，
是山之形，水之形，地之形
方正之形，生命之形，灵魂之形

它的色，不是银之色，金之色
是稻谷之色，麦穗之色，高粱之色
江河之色，高山之色，大地之色

它的光，不是银之光，金之光
不是耀眼之光，夺目之光
是褐色之光，朴素之光，星空之光

我喜欢它，不是因为它是银，是金
而是钢，而是铁

它的贵，不是银之贵，金之贵
是热爱之贵，生活之贵，生命之贵，高贵之贵

准钢记

人情再冷漠，它始终炽热
岁月再炎凉，它始终温暖
谁拥有它，谁就是这个世界上最幸福的人
众生平凡，平凡众生
当我们簇拥在它身旁时
头顶已是一片湛蓝

我喜欢它，不是因为它是银，是金
而是钢，而是铁

（2017 年 12 月 16 日）

钢铁工人的语言

花有花香，鸟有鸟语，钢铁工人有钢铁工人的语言

我们的语言是在高炉前，谈论铁矿石、耐火砖、风机房、熔剂、热风、休风、炉体结瘤

是在转炉前，谈论熔池、底吹、熔清、取样、吹氧、脱碳、扩散、脱氧、脱硫、喂丝、纯净度

是在连铸旁，谈论回转台、中间包、结晶器、拉矫机、振动装置、引领杆、电磁搅拌、火焰切割

是在加热炉上，谈论冷坯台架、输送辊道、步进梁、推钢机、加热温度、加热速度、冷装、热装

是在连轧机旁，谈论孔型系统、导卫装置、延伸系数、轧制表、张力、椭圆度、哈夫面、耳朵、划伤、凹坑

是在精整区，谈论飞剪、冷床、打钢装置、收集装置、矫直机、打捆机、标签、标牌、出入坑温度

是在化验室，谈论偏析、疏松、缩孔、气泡、夹杂、白点、裂纹、折叠、晶粒度、奥氏体、铁素体、渗碳体、珠光体

不用担心我们的语言会跑题、偏题，它像指南针一样，始终指向钢铁的心脏

即使在吃饭时，休息时，打电话时，甚至做梦时，也在谈论

我们的语言是天气预报，能知道钢铁什么时候电闪雷鸣，什么时候乌云密布，什么时候刮风下雨

是主治医师，能知道钢铁什么时候胸闷，什么时候咳嗽，什么时候拉肚子，什么时候心律不齐，什么时候脑梗

我们的语言是出铁口，是连铸机，是连轧机，是探伤机，是抛丸机，是液压站，是主电室，是主控室

是钢铁的高原平原，是崇山峻岭，是江河大海，是森林田野，是天空云彩，是花瓣果实

是钢铁的曲线直线抛物线，是圆圆的方方的正正的，是郁郁葱葱，是生机勃勃，是繁花似锦

我们的语言是现代钢铁工业的一部字典，《辞海》《辞源》《大不列颠百科全书》

是我们用生命之力岁月之功编撰的，最接地气、最具原生态、最具活力、有呼吸、有心跳、有温度、有情怀的汉语写作

是我们用独特的人文立场，建造起一座介于肉体和灵魂之间高高钢铁巴别塔

是我们通往钢铁王国的现象学、社会学、历史学、哲学、美学、诗学的总集和最高启示录

（2019 年 1 月 26 日）

风景线

划过的，不是闪电
是电炉闪动的弧光
眼中的喜悦，不是红高粱
是连铸机拉出的连铸坯
最动人的，是小蛮腰的钢材
含笑着，奔跑着
最销魂的，要数钢花
抛来一个媚眼，我的魂便销了十分

（2019 年 8 月 18 日）

说一说

说一说钢铁
像农民说一说庄稼
钢水、钢花、电炉、电极
弧光、炉火、轧机、钢材
这些带着体温和情感的物质
让我的生命找到归宿

说一说工友
他们像我的家人一样
朝夕相处，情同手足
再苦，也要把爱指向钢铁
再累，也要像风镐一样
执着而又偏执

也说一说自己
我愿是一朵钢花
驻扎在钢城
我愿是一阵炉声
即使声音嘶哑了
也不能停止

这辈子

想说的事太多

我只想说一说我的钢铁

然后，把自己说成一场爱恋

把自己说成一位老人

仿佛谁老了，谁就属于钢铁

（2017 年 10 月 13 日）

树林之美

——写给炼铁厂六座高炉

六座高炉
是六棵白杨
六棵水杉
六棵松树
它们簇拥在一起
就是一片树林

树林不大
个个精神抖擞
昂着头
挺着胸
把郁郁苍苍写在天地之间

风再狂
不怕
雨再骤
不怯

它们排立在一起

一棵比着一棵
谁都不甘落后
一年四季
总想把梦伸入云端

它们是我心中的男神
每次经过它们时
那来自秋天的色泽
撞击着我的心
像涨潮的海水一样澎湃

（2018 年 3 月 18 日）

一块矿石的今生

从地下来到地上
它是被谁开采而出
我不得而知
我所知道的
它来自某矿

经过黑夜般的破碎、烧结
再经过高炉、转炉的冶炼
最终，被炼成星星
这个过程，我非常熟悉
因为烧结厂、炼铁厂、炼钢厂
有我熟悉的工友、炉长和段长

站在轧钢厂的黎明
工友们精心地创作
让我不由模仿起女诗人赵丽华的诗句：
毫无疑问
我们生产的钢材
是天下最好的

（2016 年 2 月 10 日）

给转炉加铁水

给转炉加铁水
像给田野播撒种子
铁水进入炉体时
仿佛种子落入泥土
这种感知，只有我们炼钢工人才能体会
站在炉台前
我像一位农民站在田间
想象庄稼沿着季节的方向
生根、发芽、拔节、开花、灌浆
出钢铃响了
此时，我的眼前呈现出
麦浪翻滚布谷声声的情景
我知道，一个好收成正向我扑面而来

（2015 年 8 月 31 日）

淮钢生态园

清澈喂饱了河水
便心满意足地睡了

一夜的月光
在它的梦中
伸出巨大的手
一遍遍抚摸着
树木、环岛和凉亭的温暖

怀旧的白云
总恋恋不舍
常常来这里
看一看，瞧一瞧
有时，还侧着耳朵
偷听着
一枝红荷对另一枝红荷的私语

一群野鸭翻过一片湿地
在芦苇丛中
衔着憧憬的枝叶

用一个新建的家
替代去年那只旧巢

在生态园
一只孔雀爱着
另一只孔雀
它开出的屏
装满天空的云霞
多像我们钢铁一样的生活

（2001 年 7 月 5 日）

春天的加热炉

郑仕花坐在 CP1 主控室出着钢坯

杨顺兴站在钢坯库清点着钢种

周成江蹲在炉前调节着烧嘴

我在冷坯台架旁按着电钮在加坯料

还有新来的学员郑巧燕

像一只雏鹰

跟着郑仕花这只老鹰练习飞翔

春天的加热炉

用巨大的热情拥抱生活

我们这些追赶季节的人

不敢有半点怠慢

你听，厂房外的阳雀子

高一声低一声

仿佛正在为我们加油、鼓劲

（2020 年 10 月 6 日）

在炉台

转炉厂是我的高原
从左到右
依次是精炼炉、真空炉、连铸机
它们像一座座山峰一样，连绵起伏

主控室和休息室
是我赖以生存的村庄
在这里
我不是面朝黄土背朝天
而是面向钢铁背对房顶

钢与铁叠加着时空
我以微分和积分的方式
计算着一朵白云对蓝天的忠贞
坚守这里
加料、吹氧、取样、制样、出钢
是我生命的成长
作为一名钢铁工人
站着，像钢铁一样顶天立地
活着，像钢铁一样结实刚毅

淮钢记

目光抵达的地方
感恩的钢水
为我打开更加辽阔的世界

(2020 年 1 月 21 日)

CP1 主控室

站在参观通道上

我对着前来参观的文艺界朋友

讲述着轧钢工艺流程

这是加热炉

那是连轧机

再向东是步进式冷床

当一根火红的钢坯

从加热炉中跑出时

我指着一间房子

对他们说

那个地方

是我的工作场所

从一位朋友的眼光中

我读到了房子的矮小

房子再低再小，也是家园

你看，那房子的颜色

比天空还湛蓝

CP1：是轧钢生产线加热工段上的一个控制点，主要控制加热炉的加料、加热等。

（2020 年 2 月 24 日）

第二辑

生命风铃

钢铁苍茫

站在钢铁的版图上
我像传说中的老狼
埋首于季节深处
怀揣春天的梦想
将收藏在钢铁中的秘密打开

没有皱纹的火焰
从我白发的草甸上燃过
从我磨样子的砂轮机旁飘过
在钢铁蓊郁的纹理上
落满了我经年的风尘和悲欢

把日子装进连轧机
把深情注入加热炉
我相信爬满年轮的钢铁
不会衰老，不会落魄
只能越来越厚重，越来越辽阔

落叶不是悲秋
眼前的落日

正好穿过厂区
洒在我的身上
把我浓郁的人生
照得苍茫而又静穆

（2018 年 9 月 18 日）

厂房里的七星瓢虫

把时间挂在早晨，我的诗
与厂房里一只七星瓢虫不期而遇

我和它不是亲戚
没有血缘关系
然而，我觉得它像我的表妹一样
亲切可爱

它的个头很小，我无法和它握手
更不好为它沏茶、让座
它和我不是一类
无法用语言表达
只能用目光进行交流

它是如何进入厂房的
我不得而知
也许出于好奇
也许是一次偶然的冒失
这些都无关紧要

要紧的是

这里不是草地，不是树林，不是田野

是机器，是钢铁，是坚硬、是冰冷

一个小小意外

都能使它遭到灭顶之灾

厂房很大

它非常渺小

它与厂房的关系

构成大海与孤舟的关系

让我不由心存担忧

（2014 年 9 月 5 日）

为一条蚯蚓下葬

在厂区路上
一条蚯蚓不知被谁伤害了
它晒干的尸体上
清晰地留着脚印

这样的细节
被我的诗歌发现
成了我这首诗的主题

路上的行人很多
没有一个人去关注它
没有人停下脚步为它盖上遮羞布
更没有人愿意为它举行葬礼

我不是有神论者
但我相信世界万物
是没有贵贱的
不因为它是动物
就让它横尸野外

拿起一张慈悲的纸将它包裹
然后，让它入土为安
这是一个诗人多情而又怜悯的举动
我要让它像人离开世间一样
体面而又有尊严

（2015 年 9 月 10 日）

一粒蓝色的种子

怀揣一粒
叠了一层又一层
蓝色的种子
我小心翼翼把它投入
一炉滚烫的火焰

放下修辞和想象
用泛霜的汗水去阅读
它盛开成一片钢花
用枫林的色彩去扫描
它奔腾成一泓钢水

待我冶炼完毕
时光已过去三十多年
当我旋转起炉盖时
两鬓的星光
已长成一部美丽的神话

捞起炉中的星星
它已化为我手中坚硬的老茧
那是岁月赠予我的一颗珍贵的琥珀

（2016 年 3 月 26 日）

老旧的机器

动用了多少白露为霜
一台机器
由碧绿转为枯黄
变成沧桑
当我伸出手时
触摸就化为经年的回忆

机器是我曾经的日子
我喊过它的小名
抚摸过它的体温
我们在一起时
像钢花一样
快乐过，战斗过，灿烂过
像钢钎一样
牵扶过，关照过，风雨过
也像扳手一样
紧握过，抚慰过，温暖过

现在，它已先我一步
步入黄昏

淮钢记

被拆成厂房外的一个过去式
数一数我剩下的时光
挂在秋天枝头上
几片不肯落下的泛黄
让我曾经的虚度
多了几分绚丽的余霞

(2015 年 3 月 3 日)

钢城指挥家

工作服是燕尾服
钢钎是指挥棒
站在炉台
我就是一位指挥家

跳动的音符
是绽放的钢花
优美的旋律
是阵阵的炉声

这是一场大型钢铁交响
有序曲，也有舞曲
有组曲，也有协奏曲
有管乐合奏，也有弦乐合奏

人生这场音乐会上
炉声是我最好的知音
不论在我得意之时
还是在我失意之时
她总能给我最热烈的掌声

淮钢记

当我把身上的汗水写成暴雨时
每一炉音乐
都是我生命的重量

（2015 年 1 月 5 日）

你好！钢铁

你好！钢铁
你是我心中的百草丰茂
丰茂中，强大而又温暖的气场
将我平凡的沟壑填平

你好！钢铁
你是一粒葡萄对葡萄园的姿态
姿态中，是一只鸟儿对旧巢的感恩
是一个男人对一个女人的深情

你好！钢铁
和你在一起
没有什么黑夜
能挡住黎明的步伐
再大的风雨
我也能从中看到太阳的光芒

你好！钢铁
我是一个专注劳动美学的人
在一块钢铁上举行婚礼
一朵钢花
就是我如花似玉的新娘

（2016 年 11 月 9 日）

喜 悦

抚摸自己炼出的钢
犹如父亲抚摸自己种出的稻谷
脸上的喜悦
像一朵开在水面上的荷花

钢铁，我的好兄弟
虽然我们没有碰过杯
但一个会心的微笑
就能心领神会

偶尔，我也会痛苦
这时，你会用那硬邦邦的身躯
为我阴晦的心灵
撑起一方晴空

我喜欢你的性格
在你的人生字典中
从来没有"怕"字
与你在一起
我因热爱而喜悦
又因喜悦更热爱

（2015 年 3 月 19 日）

依旧交给钢铁

1984 年，我进入钢铁厂

一待，就是三十多年

撬过钢锭

抬过矿石

烧过司炉

打过炉渣

拉过煤炭

筑过电炉

补过炉衬

炼过钢

干过加热工、备料工、备煤工、主控工、炼钢工

当过组长、班长、办公室主任、基础管理员、

分会副主席、工艺员、综合办主任、办公室主办

钢铁的丛林

虽不是战场

但也有工友倒在我身旁

死神并没有吓倒我

用一支氧枪作冲锋枪

就是九死也不改其志

对钢铁的爱

淮钢记

我已经上瘾
太阳虽然下山
但还有霞光
假如有来生
我依旧把生命交给钢铁

（2017 年 7 月 28 日）

休息室

这是一间老旧的房子
中间摆着一张桌子
如今，已分不清
它是松木还是杉木
桌子上，放着一只
又粗又笨的自制茶缸
泡着比中药还苦的茶
一仰头，我能把它喝出
比酒还香的味道
墙角边一台撞瘪罩壳的电风扇
像一位八十多岁老太太的嘴
我扔了几次还是没有把它扔掉
那是师傅的师傅留给我的传家宝
墙上挂着一只工具包
那是老段长退休时送给我的
包的颜色已褪
上面"为人民服务"几个字依旧历历在目
我不知道这个由国营单位改制为私有企业的
工人身上是否还有这种精神
生活不仅有钢有铁，还得有诗

淮钢记

茶缸旁一本《普希金诗选》
已不知翻了多少遍
破旧不堪的封面上
只有普希金的头像还清晰可见

（2019 年 8 月 19 日）

电炉在歌唱

第一次听到炉声
那雷鸣般的声音
吓得我直捂耳朵
师傅却轻松地对我说
电炉在歌唱

那时，我刚进厂
无法理解师傅这句话
如今，师傅早就退休
炉声中
我由一个小徒弟成长为一位老师傅

现在，面对新进厂的工人
我也学着师傅当年的样子
对他们说
电炉在歌唱

（2015 年 8 月 20 日）

让劳动回到最初的状态

钢水一涌动，阳光便在喷薄
抓一把梦交给钢铁
舞动的钢钎
是我最朴素的姿态

高高昂起头
让劳动回到最初的状态
让自己找回当初的心跳
就像河水回到源头
找到它最原始的纯洁

抚摸沉甸甸的钢铁
钢花是我的，钢水是我的
暮鼓晨钟是我的，岁月沧桑是我的
甚至连天上的星星也是我的

把一块钢压缩成人生的简史
或深或浅的脚印上
我紧紧追赶着春天
从早晨到夜晚

从青年到中年
再从中年走向暮年
一路走来
我对钢铁的爱从未动摇过

钢铁之上，我紧握明天的方向盘
驾着钢铁的方舟
哪怕闭着眼也不会偏航
只有真爱过它的人
才能从钢铁的雁鸣和风影中
找到十月稻谷灌浆的尊严和崇高

（2006 年 3 月 26 日）

钢铁誓言

以一根钢钎的名义
与弧光、钢水保持爱恋
高高的炉台
是我红色的根据地

心灵跟着钢花去绽放
血液带着汗水去奔突
茁壮的炉声
响彻我夜莺般的回音

钢铁的光芒
是一部爱和美学的书简
当我深情阅读时
才发觉自己的生命已融进钢铁

一生没有大的奢望
只想在钢铁的世界里
用梦想的种子
去建立一个国度
然后，在那里做一个臣民
不离不弃

（2000 年 1 月 26 日）

给孩子洗澡

下班前，我不忘
用一条粗毛巾
把扳手、钳子、螺丝
——擦拭
像一位父亲用一只木盆给孩子们洗澡

劳累一天的工具
此时很乖
我先擦一擦它们乌黑的嘴唇
洗一洗它们的胳肢窝
再搓一搓它们的脚丫
最后，挖出它们肚脐眼里的黑灰

沐浴后的工具
身上干干净净
脸上容光焕发
像军人擦过的钢枪
时刻等待战争的呼唤

偶尔，因为加班没来得及给它们擦洗

淮钢记

看着它们满脸的污垢
我心怀愧意
这时，它们像一群善解人意的孩子
朝我扮了个鬼脸
微笑中，露出两颗可爱的小虎牙

（2016 年 10 月 30 日）

下午的钢铁

前面是钢铁

后面是钢铁

左边是钢铁

右边是钢铁

一堆堆钢铁

比我的思想还单纯

我喜欢钢铁的下午

更喜欢

钢铁上的阳光

它们像一群孩子

躺在母亲的怀抱

阳光一动不动

与钢铁保持亲密的接触

一个下午

它们始终没有离开

仿佛有说不完的话

当我劳作结束时

淮钢记

太阳开始下山
它们眷恋的目光
仿佛张学友的那首《吻别》

你看，吻后的钢铁
一脸幸福
比天上的云霞还醉人

（2003 年 4 月 20 日）

一粒种子的过程

把一块块矿石破碎成炼铁厂的原料
需要经过多少道工序

把一炉铁水炼成一炉好钢
需要流淌多少粒汗水

把一炉好钢轧制成一捆捆好材
需要付出多少滴心血

这样的过程
类似一粒种子经历的过程
从选种到播种、再到生根、开花、结果

九月的阳光
从厂房一扇窗子穿过
照在炉台上
也正好照亮我和师傅脸上的喜悦

（2004 年 3 月 2 日）

钢水奔流

从源头到入海口
奔腾不息的
是我的母亲河

在这条河上
有浪花，有旋涡，也有风雨
我是一位朝圣者
每天一步三叩拜，不改方向

以激情为桨
以热爱为船
钢铁的波涛上
我把三十年前的梦想
染成古铜色的皱纹
最终，一笔笔镂空成
不朽的爱情

在这条河上
有我的先辈、同伴、后来者
我们像黄河岸边的纤夫

把一个个黯然失色的日子
拉成足音的嘹亮
成为观众倾倒的掌声

如今，我已渐渐走向苍老
老成了一条奔跑的河流
那清波上的浪花
跳动着我对钢铁的皈依

（2002 年 4 月 6 日）

看一看电炉车间

看一看电炉车间
不仅是重回故地
还有怀念，因为那里
装着我燃烧的激情和迷惘的人生

走向炉台
我已老得不能炼钢
但还想拿起钢钎试一试
就像年老的父亲不能下地干活
不忘到田头转一转
用父亲的话说
看一眼种了一辈子的土地
心里踏实、舒服

走进主控室
和工友们打个招呼
然后，紧握老炉长的手
像电影中久别的战士突然找到了部队
喊一声"同志！"
脸上便老泪纵横

（2018 年 11 月 29 日）

这些年

这些年，在钢铁深处
穿破多少件工装
磨坏多少双翻毛皮鞋
我没有统计过

这些年，烧过多少炉钢坯
点燃过多少炉梦想
流淌过多少粒汗水
我也没有统计过

这些年，经历过多少风雨和往事
从青年走向中年
乃至走向老年
其中
有多少吨感慨
多少吨无奈
多少吨疼痛与忧伤
多少吨热爱与眷恋
我还是没有统计过

淮钢记

这些年，走进钢铁的人很多
离开的也不少
这些都无关紧要
重要的，我常叩问自己
心中有没有背叛钢铁的念头
就像一个人
有没有背叛祖国的杂念

（2014 年 8 月 1 日）

一件工装

离开钢城已有多年
不再穿着工装上班
但我一直将它珍藏

每当我打开它时
仿佛又走进工厂
运河之北是焦化厂、一轧车间
运河之南是烧结厂、炼铁厂、炼钢厂、轧钢厂
工厂的日子
便沿着烧结机、高炉、转炉
穿过加热炉、连轧机、精整区
在炉火、辊道、导卫、冷床中
闪烁着火一样的热情和金属一般的光亮

工装上
留有油污的痕迹
留有身上的汗味
留有钢铁的气息
也留有师母帮我洗衣的记忆
和一位女工给我钉纽扣的细节

淮钢记

凭借它，我抚摸到
最险峻的地方叫电炉
最温柔的地方叫钢水
最坚强的地方叫轧机
它用一身的爱把我锻造
让我从青年走向老年
从幼稚走向成熟
从柔弱走向坚强
让我对它心存敬意

如今，这件工装已褪色
关于钢铁的生活
依旧光亮如新
抚摸它，我仿佛找到第一天上班的感觉
远离多年的钢铁仿佛又回到我身边

（2020 年 3 月 7 日）

庄稼汉

有人称我是钢铁工人
有人夸我是钢铁卫士
而我喜欢标榜自己是庄稼汉

在我心中
钢铁是一片长势良好的庄稼
根连接着我的心海
叶绿着我的汗水
茎长出我的爱情

风里来雨里去
我与这片土地紧紧相依
春风里
我能感到庄稼的渴望
春雨中
我能听到庄稼拔节的笑声

春来秋往
我始终与庄稼的方向
保持一致

淮钢记

钢铁的肥沃与贫瘠
就是我生活的肥沃与贫瘠
庄稼的好与坏
就是我人生的好与坏

走在钢铁这片土地上
不论风雨有多大
我总是弯着腰保持劳动的姿态
作为一位庄稼汉
决不能让人生这棵庄稼长成秕稗

（2014 年 5 月 18 日）

一炉好钢

作为一名炼钢工

钢铁永远是我钟情的服务区

闭上眼，能知道

什么时候吹氧

什么时候熔清

什么时候加合金

什么时候取样

什么时候出钢

就像父亲种了一辈子地

知道什么时候落谷

什么时候除草

什么时候治虫

每一道工序

每一个细节

都在我心中发芽

长成一片绿荫

父亲常告诫我

作为一名工人

要靠技术吃饭

令人欣慰的

淮钢记

我没有辜负父亲的教诲

走在炉台

听一下钢水的声音

就能知道它是否好钢

就像父亲走在田间

揉一揉稻穗

就能知道今年的收成几何

（2019 年 3 月 26 日）

落雪的冬夜

夜已深了
北风举着鞭子，一鞭接着一鞭
驱赶着从天而降的雪花

夜色越走越深，三步并作两步
没有零乱一下节奏
与吊运的钢包
远处的真空炉
构成夜晚和谐的节拍

雪早就洁白一片
丝毫没有停止的意思
依旧滔滔不绝演讲着
但它没有能力
冻结这个世界
阻挡厂区的忙碌

站立在炉台，陪伴我的炉声
穿过岁月的制高点
高一声低一声呼唤着

淮钢记

夜色中的工友
像一只只蚂蚁
在蠕动
让我对劳动充满敬畏

（2003 年 7 月 12 日）

像个"贪污犯"似的

在钢城干了几十年

职务不大

"贪污"不少

仔细盘点一下

发现身上、头发上、手指上

沾了不少铁屑

血脉里流淌的钢花有五六百千克

还用坛坛罐罐的记忆装了几十吨

统统被我写进诗中

赚了不少稿酬

总觉得一生清清白白

想到这些

觉得自己像个"贪污犯"似的

（2018 年 11 月 15 日）

好兄弟

有一位兄弟
他的名字叫钢材

当我朝他投去深情一瞥
他便咯咯大笑起来

他的身材里
装着白杨树的伟岸与挺拔
伟岸中有硬朗，挺拔中有刚毅
让钢城的眼中含满泪水

他的性格有点木讷
沉默时，怀里抱着一把竖琴
一旦触摸
便响起贝多芬《命运》的旋律与节奏

与他在一起
我喜欢深入他的梦想
沿着这个梦走下去
我听到岁月的流水

撞击生命的石头发出的清脆
在前方的开阔地上
我看到生命舞台上的闪亮与迷人

（2016 年 11 月 7 日）

CP1 墙上镜片

经历过乌云、雷鸣、闪电
再经过煎熬、疼痛、激荡
一块镜片
成为女工们心中的一杯香茗

镜片很小
能反映大千世界
镜片内外
有一棵大树遭到暴风雨袭击的坚韧
有一只小鸟被雷电击伤后的疼痛
更有一位女工
失去丈夫后的悲伤与刚毅

镜片寻常
岁月的缝隙里
女工们喜欢对着它
看一看
两鬓是否有白发
瞧一瞧
额头是否又多了几道皱纹

更多的时候，她们对着镜片
莞尔一笑
那是她们生命长河上
溅出的一串欢乐的浪花

（2017 年 2 月 7 日）

操作加热炉

又一次走进加热炉
我坐在操作台前
手握鼠标，点击时光的动词
将炉膛里的翻腾追赶
把热爱烧得更炽热些更纯粹些
钢铁的梦
才能成为我一生最好的守护

今夜的炉火
仿佛知道我的心思
比往日更卖力
那燃烧的声息，带着爽朗的笑声
让我的心有了潺潺溪水的流动

夜色沉沉，我一次又一次在巡查
从炉前到炉后，从炉顶到炉底
一遍遍查看冷坯台架、步进梁、水封槽、流量开关
透视孔、热风管、鼓风机、换热器、烟道闸板
这些都是我的好兄弟
几十年来我从未辜负过它们

面对操作台上的显示器

我一遍又一遍对自己说

精心操作呀

千万不能有失误

人生的句号

不能因为一次闪失而失去完美

（2016 年 11 月 20 日）

炉　台

炉台是我的责任田
我以钢钎为锄
带着露珠和节气
沿着钢铁的田垄
除草、松地

这里不是日出而作
也不是日落而息
三班转的时光中
我在操作面板上
一头连接着电炉
另一头连接着钢包
与钢水进行一次次对话

田野里的活
并非风平浪静
偶尔，一次大沸腾
就像在麦田里除草
一不小心，被虫子咬上一口
我不是娇生惯养

这样的疼痛，对于我来说
就像小时候一不小心划破了皮
抓起一把土，放在上面
然后，揉一揉就好了

季节不等人
加过铁水，再取样子
接下来，准备出钢
用父亲的话说
土地最通人心
你给它付出多少，它会一一记住
到了秋天，就会加倍还给你

（2020 年 3 月 20 日）

种着庄稼

父亲在门前种着稻谷
母亲在屋后种着麦子
我在工厂种着钢铁

钢铁是我的庄稼
风和雨是它们的姿态
阳光是它们的心态
四季的田垄上
它们沉默而又刚毅
铆足着劲生长着

它们身上
散发着麦子、稻谷、高粱、玉米般的气息
闪动着诗经般的光芒
让人兴奋而又沉醉

抚摸沉甸甸的钢铁
我像掰开一只金灿灿的玉米穗
那留在节气里的露水
含着丰收的喜悦

让整个秋天有了黄金

钢铁是我种着的庄稼
那一炉一炉收割
把我低处的生活
收获成八面雄风的王者

（2014 年 2 月 19 日）

钢　铁

把这两个字
写在稿纸上
这两个字
就像一片厂房
坐落在大运河畔

骑着自行车
我每天迎着初升的太阳上班
然后，守着加热炉，守着主控室
用汗水这支笔
一笔一画地写着

写着写着
一棵草由青到黄
再由黄到枯
枯黄之间
我已把一生交给了钢铁

把一生交给这两个字
这两个字
也给我送来两个字：温暖

（2016 年 10 月 30 日）

阅读钢铁

劳动之余
我喜欢打开钢铁这本书
进行阅读

一根根钢材
是一行行文字
我读到十月的饱满和结实
沿着钢铁的方向
那闪着动人的色泽
不仅包含着铁（Fe）、碳（C）、锰（Mn）、铬（Cr）、铜（Cu）
还包含着沉积的汗水、心血和生命的影像

对于这样一部经典
我不能走马观花
也不能仅用光谱分析仪进行分析
应像一位学者一样
在它隐秘的组织和成分中
凭着执着
寻找它情感的纹理和冷暖

淮钢记

这是一本厚重的书
来自电炉腹腔的文字
穿过黑暗和苦难
在秦时明月汉时关的重生大道上
越过合金的友谊
来到氧枪的爱情里
闪烁着火的热情，光的足迹

轻轻拭去经年的尘垢
书中最动人的章节
始终与太阳的方向保持一致
为我送来炉声的激动，钢水的梦想
和亿万年前的对话
我知道，那是来自地球深处最感人的共鸣

（2017 年 10 月 27 日）

十月的炉台

十月的炉台
弧光像一头小马驹
在撒欢地打着滚儿
炉声是它发出的嘶鸣
钢水听了
在炉内热血沸腾

十月的炉台
是一块钢的味道和沉默
有生活的隐忍和疼痛
更有岁月细密的纹理和情节

十月的炉台
是一幅劳动的图景
一千克汗水
能换取多少克阳光
这样的计算公式
不论是宏观经济学
还是微观经济学
都无法解释清楚

淮钢记

只有我们工人阶级
才能品出它的内涵和美学

十月的前头是夏天
十月的后面是冬天
我们是钢铁之子
习惯用挂满汗水的密语
把钢水流淌成生活的根系
以钢铁的名义
把十月的炉台
解读成经久不衰的阳光

（2016 年 10 月 23 日）

我见钢铁

在钢城生活久了
我觉得钢铁像一块宝玉
通了人性
奔腾的钢水
迈着又细又密的步子
奔向远方
给我留下一个美丽的背影
轰鸣的电炉
模仿着男中音
纵情歌唱
让我的心有了荡气回肠
最灿烂的是钢花
朝我一笑
就洒满深情
我见钢铁如此妩媚
想必它看我也会如此
用爱做一个超链接
妩媚与妩媚合在一起
就更加妩媚了

（2020 年 3 月 7 日）

105

很 沉

秋天的夜色很沉

手中的钢钎很沉

底层的生活很沉

如此，我从未放弃过天上的星星

也没有停下追赶春天的脚步

向前，向前，再向前

以钢铁为北斗

夜色再深

也不会迷惘

（2016 年 10 月 30 日）

第三辑

心灵短笛

躺在地上休息

干了一个上午活，累了
躺在地上
伸出两臂
张开两腿
地上写着一个"大"字

天上的云，时舒时卷
耳畔的风，卿卿我我
与大地在一起
我像一只没有电的手机
插上电源
地气就像电流一样
源源不断涌入
充满之后
我的身体像一只打足气的篮球
手一拍
一蹦三尺高

再次走向炉台
春天又一次回来
紧握钢钎
我的体内已一片盎然

（2007 年 3 月 25 日）

一条河

从高炉的出铁口
到下游的铸铁机
一条铁水槽
是一条弯弯的河

这是我心中的长江
我每天穿过虎跳峡
经过三峡
来到扬子江
最后抵达大海
这样的情节和故事
只有白口铸铁、灰口铸铁、麻口铸铁知道

与长江相比
这条河
有点短
也不够壮阔
可我觉得它并不比长江逊色
它身上散发的气息
让大地格外青翠和苍劲

淮钢记

我了解这条河
它滚滚向前的力量
已融入我的血液和灵魂
有时，我分不清
它住在我的体内，还是住在我的体外
与它们在一起
我就像一条小溪
心里总梦着大海

（2020 年 3 月 12 日）

我不会写我的劳动是低微的

我不会写我的劳动是低微的

只会说我生产的螺纹钢

用于高速公路、立交桥、过江隧道、跨海大桥……

我不会写我的劳动是低微的

只会说我生产的汽车用钢

用于别克、福特、奥迪、雷克萨斯、奔驰、宝马……

我不会写我的劳动是低微的

只会说我生产的弹簧钢、船舶用钢

用于高铁、军舰、航母……

我是一位钢铁工人

活在低处，缺少一些阳光

当我看到生命的绿荫

与四面八方连在一起

与世界各地息息相关

与大地的心脏跳在一起时

方知低洼的山谷，照样能响起一声惊雷

（2018 年 10 月 8 日）

检 阅

昂着头，挺着胸
一架架连轧机
像高大威武的战士
整齐排着队
等待着我去检阅

我受到它们的鼓舞
整一整工装
抖一抖精神
像一位将军
向它们挥手致意
并大声说："同志们好！"
轧机轰鸣
仿佛回应我
"首长好！"

（2019 年 4 月 2 日）

活在钢铁里

世界很大也很小
小到狭路相逢时
一块钢铁
成了我的生命之缘

把一生活在朝夕相处中
不离不弃
成了我的宿命
一波一折的炉声
是春天飞来的燕子
千树万树的钢花
是秋天一段流淌的往事
走在厂区里
我一边翻晒工业的粮食
一边写着心中的诗篇
试图以转炉般的意志抵达钢铁

一生活在钢铁里
向钢而生
向铁而死
生死之间
一块钢铁成了我人生的命运

（2019 年 8 月 22 日）

113

车间的"福"字

春节临近，年的味道浓了
我在自己的工作台上
贴上一张"福"字

这张"福"字
是我昨天买的
我对妻子说
今年，我要买两张
一张贴在家门上
一张贴到工厂里

贴在车间的"福"字
像我结婚时
贴在窗户上的"红双喜"
代表我炽热的爱
将我的梦想
写成奔腾的钢水

钢铁是家的延伸
构筑成我另外一个家

我与钢铁的关系
就像大河与小河的关系
更像母亲与儿女的关系

（2014 年 2 月 19 日）

小憩时，我在写诗

打了一阵大锤
小憩时，我坐在厂房一角写诗
像父亲锄禾累了
坐在田头
一边抽着香烟
一边静静看着蓝天白云

一串串灵感
犹如小河里一只只蝌蚪
从我清澈透亮的大脑中
爬上笔尖
在我的笔记本上游动

我的诗
不像某些诗人
不食人间烟火

我的诗
扎根在钢铁的怀抱
绽放在工友们的汗水里

飘满钢花的灿烂
跳动钢铁的脉搏

写到卡壳时
犹如灯芯上有了灯花
工友们一句话
或身边一个场景和细节
犹如母亲手中的针
朝灯花上轻轻一拨
油灯，便一下子由暗转亮

（2014 年 2 月 19 日）

手握钢钎

手握钢钎
犹如父亲手握犁梢
身旁没有迎春花的欢笑
树木的葱翠
照样能犁出春天的序曲

手握钢钎
我要在今夜的星光灿烂中
把一道道弧光
拉成挂满风的帆影
驱赶钢铁交响的低声部

手握钢钎
我没有太多奢望
只求时光的种子
不要长成稗子
不能让自己的梦
流产成一声晦暗的叹息

手握钢钎

心才会越来越踏实

发一声

"时间都到哪儿去了"感慨

然后，伴着绚丽的钢花，闪亮的弧光

和它们一起慢慢变老

（2014 年 2 月 21 日）

与钢铁交谈

把心交给钢铁
把爱交给钢铁
然后，与它在一起
窃窃私语

不要问钢铁有没有归期
我们是患难之交
共同的阳光
让我含满泪花的眼神
结下山高水长
共同的天空
让我的心跳
在低矮的巷道中
闪烁着古铜的色泽

谈天上星星、月亮
谈地上树木、河流、鸟、虫
谈到兴奋处
钢水的脸上露出一个个笑窝

我们的交谈

没有悲秋色彩，没有感伤主义

更没有后现代主义的诡异

语言的翅膀上

有钢花这部诗经的赋比兴

有钢水这阕宋词的平平仄仄

更有炉声

这场古文运动的"道济天下之溺"

时光还在继续

我们交谈也在继续

风雨可以冲毁道路、厂区

无法将我们同胞之谊分开

钢铁的天空

因为没有虚度的时光显得更加湛蓝

（2020 年 3 月 9 日）

叫一声：亲爱的

与钢铁相处久了
能听到它怦怦的心跳
闻到它轻轻的呼吸
甚至连它的脾气、性格
也了解得一清二楚

与它没骑过竹马
没弄过青梅
它一个眼神，一个动作
我能心领神会
爱到极处
便是大音希声

今天，我想给它写一首诗
叫它一声：亲爱的
声音，细小而羞涩
仿佛回到初恋的时光

（2018 年 3 月 19 日）

最亲密的接触

步进梁、水梁、立柱、水封槽、流量开关
烧嘴、入炉辊道、烟道闸板、CP1 主控室
这些坚硬的事物，每天与我
保持最亲密的接触

钢铁的日子像一条大鲨鱼
我就是海明威笔下的那位老人
每天摆出一副搏斗的姿态
努力把炉底阴暗潮湿的岁月烘干
把低处的日子升到太阳的高度

把一生交给它们
它们不会不知道我流淌过的
汗水、黑灰、血渍、疼痛
我们是兄弟、战友、同命鸟
始终相依为命，相为砥砺，相互温暖

今晚
我又一次走向加热炉
那饱经沧桑的步进梁

淮钢记

带着生命的体温
与我一起负重奋进
它的样子
让我看到另一个自己

（2018 年 9 月 29 日）

我是钢铁的一部分

这些年
我一直生活在钢铁中
身前是炉体
身后是行车
左边是炉声
右边是钢水
中间是钢花

这些年
我一直生活在钢铁中
向东，是我的炉台、电极、弧光、合金、钢钎
向西，是我的姓氏、身高、性格、履历
向南，是我的呼吸、血液、心跳
向北，是我的脉脉与含情

这些年
我一直生活在钢铁中
不求大富大贵
只求睁开眼能看见它的身影
闭上眼能听见它的声音

淮钢记

呼一口是钢铁的气息
吸一口是钢铁的律动
一呼一吸间
我是钢铁的一部分

（2003 年 2 月 16 日）

表　达

想对钢铁说
我爱你
觉得这个词太俗
换一个词
一时又找不到

想对钢铁说
你是我的玫瑰，我的宝贝
觉得这话
有点肉麻
不像一位钢铁工人所说

想对钢铁高呼一声万岁
这个词
过去是皇帝的专用
现在用在它身上
会不会冒天下之大不韪

为了表达我的心声
现在也顾不了那么多
毕竟我的生命
已和它融为一体

（2017 年 11 月 3 日）

CP1 笔记

CP1 主控室是我的古典文学
左边的加热炉是《诗经》
右边的液压站是《楚辞》
中间的轧机是《史记》
当岁月的唐诗被熊熊的炉火点燃时
我的人生便成了宋词的美丽

CP1 主控室是我的玉米地
我用青春的键盘
敲打着青青的雨露和农谚
播种着一生的渴望和追求

CP1 主控室是我的在河之洲
我的关雎之声
是相邻主控室
一位名叫杨的姑娘
我为她下过一场名为初恋的雨
那雨，迄今还在绵绵无绝期

CP1 主控室还是我往事的相册

它让我想起当年的老班长

虽然，他已退休

有关他的故事

像那窗外高高的棕榈树

一直慈祥地朝我张望

（2017 年 3 月 8 日）

再次走向炉台

处理完同事的丧事
我告别葬礼
告别缅怀
一边饱含悲痛
一边面对微笑
再次走向炉台

生活并非都是晴空
总有些雷电在意外之处
把一片绿叶凋零成落叶
从此，阴与阳，冰与火
成了两重天

胸口再痛
也要咬咬牙
生活再苦
也不能沉沦
要学会华美转身
想到孩子要上学
父母要孝敬

二十年房贷要还

一颗敏感而又善良的心

不由生出几分感慨

生活还得继续

人生还要续写

既然改变不了宿命

就得学会面对

为什么我心中总含满阳光

那是奔腾的钢水在前方呼唤

（2000 年 10 月 2 日）

钢铁如父

一块钢铁
是父亲宽阔的胸膛
一把钢钎
是父亲粗糙的大手
一阵炉声
是父亲洪钟般的欢笑

与钢铁在一起
就是和父亲在一起
父亲的天空
父亲的阳光
父亲的雨露
让我身上染上了父亲的重量和味道

弧光闪烁
我以一棵禾苗的姿态
接受风雨雷电
累了，头枕父亲的臂弯
醉了，呼唤一声父亲
星光灿烂的晚上

飞舞的钢花
给我捎来父亲的祝福

钢铁如父
一生不求奢华与富贵
只求以浪花投入大海的情怀
拥抱钢铁。间或
以阳光般的感恩
躺在钢铁的怀抱，不离不弃

（2017 年 10 月 6 日）

挂在钢钎上的炉声

挂在钢钎上的炉声
犹如挂在树梢上的枣子
秋风一吹
颜色便红了

远处的火车
装着火红的太阳
欢快的行车
吊着满天的霞光
缓缓向我走来

这样的秋色
是我刚刚摘下的
一片枫叶
越有霜色
大地越坚实
日子越发迷人

再次把炉声挂在钢钎上
我侧过身子

眺望远方

让滚滚的秋色

从我眼前打马走过

（2005 年 11 月 5 日）

锄 禾

扛着一把钢钎
踏着一片霞光
我以厂房为田
开始劳作

锄一下风雨
长出一片阳光
锄一下冰雪
长出一缕春光
锄一下伤痛
长出一垄幸福

钢铁的庄稼地里
我每天开沟挖渠
引水灌溉
耕耘除草
喷药治虫
渴了，喝口水
累了，歇一歇

手搭凉棚

抬头望去

天空一片湛蓝

穿过田垄

迎面而来的

是我的金秋十月

（2001 年 9 月 7 日）

操作电钮

按下电钮
便按下生活的位置

这是我当初的种子
我以风调雨顺的名义
精心将它守护

与春天结伴
每一次日出
都是庄稼的一次拔节
与黑夜同行
每一片时光
都像盐粒一样晶莹

按下电钮
就是翻开崭新的一页
窄仄的岁月
因为热爱
钢铁的门扉便有了辽阔
沉重的日子

因为编织

钢铁的屋檐下便结满阳光

一颗螺丝

本身没有意义

只有找到它的位置

才能光芒万丈

一如一张白纸

再漂亮还是一张白纸

只有写下文字

才能有石头般的重量

（2000 年 10 月 7 日）

我是个懂得钢铁的人

我是个懂得钢铁的人
钢铁的冷暖
就是我的冷暖
掸一掸身上的冷漠与忧伤
拍一拍岁月的晦暗和慵懒
再把冰雪的日子踩到脚下
挥动钢钎时
就是向阳花开

我是个懂得钢铁的人
不要把寒风和阴冷聚在一起
不要把欲望和贪婪放到一起
相信，每个生命都是一锭钢
只有找到它的位置
幸福才会摇曳多姿

我是个懂得钢铁的人
见证钢铁
就是见证众生
一辈子与之相守

越是天寒地冻
越懂得什么叫喜欢

我是个懂得钢铁的人
不要担心我爱得太多
就会造成脑梗、心梗
把爱交给爱
得到的是无穷的爱

（2001 年 11 月 12 日）

瞧见星星的地方

闲暇的时分
你喜欢把行车停在轧机的上方
这个地方
可以看见整个生产线
也可以瞧见天上的星星

像一只天鹅
喜欢停在从前停留过的地方
像你小时候
喜欢趴在窗口望着天上的星星

身边的钢铁
正在吐穗、灌浆
你一边与日子对话
一边与天上星星们搭话

这是个星星最亮的季节
你坐在行车驾驶室里
时刻为收割秋天做好一切准备

（2018 年 4 月 3 日）

我的诗从钢铁走来

我的诗从钢铁走来

诗中有炉声的清脆

钢花的绚丽

钢水的奔腾

和钢铁的粗犷

我的诗从钢铁走来

诗中有我脸颊上的阳光

有我滚落在枕头上

昨日细雨般的忧伤

更有我站在炉台前

坚定的目光和祈祷

我的诗从钢铁走来

这是我的命运

如果有一天我的诗中

听不到钢水的心跳

淮钢记

　　读不到灵魂与钢铁的对话

　　我知道，我的诗已经死了

（2010 年 4 月 2 日）

明　亮

出钢铃声响了

炉前一片明亮

你看

大炉长眼睛是明亮的

一助手眼睛是明亮的

二助手眼睛是明亮的

我眼睛也是明亮的

一起明亮的

还有炉台上的太阳灯

吊运的钢包、测温枪、吹氧枪

连同我手中的钢钎

也是一闪一闪的

（2001 年 4 月 28 日）

遇　见

遇见钢铁，是在 1984 年
我像一片干裂的土地
遇到一场大雨
结束了我多年的旱情

遇见钢铁是我的人生殿堂
它不是弯弓，不是插羽
而是风雨中的传奇
对于别人来说
也许坚硬的钢就是沙漠
冰冷的铁就是冰河期
对我来说
却是一次杜鹃啼血的轩辕

遇见钢铁还是我梦醒时分
落在枕边的热泪
是我扛在肩上曾经的扶摇共振
是钢铁传染给我的天地交响

是我经历生离死别后的菩提灵山

（2017 年 6 月 29 日）

想了解我

如果你想了解我
请不要采访我
我最怕对着镜头
因为我是一位木讷的人

去采访钢花吧
我和它朝夕相处
我的汗水中有它汗水的味道
我的身上油迹斑斑它身上也有

去走访炉台吧
它是我的狂热支持者
我每天站在它身旁
我的枝繁叶茂中
有它叶子的心情和花开的声息

不妨再去听一听钢钎的心声
它的身上留有我的体温
留有我老茧的硬度和强度
还刻录着我的心电图和脑电图

如果你了解了它们
也就了解了我
谢天谢地，多亏它们
代替了我接受这次采访

（2019 年 11 月 4 日）

刚好看到化验室的窗子

目光投去
刚好看到化验室的窗子
窗下的女子
正在做着试样

我在明处，她在暗处
她不知道我在看她
也不知道我
常常牵着她的手进入梦中

炉身转动
夕阳西下
我的目光再次从炉台出发时
那个被我相思
洗得又旧又破的身影已经不见
望着老旧的化验室
我的回忆已化作半江瑟瑟半江红

（2016 年 8 月 12 日）

小　憩

一阵紧张的忙碌之后
他擦了擦脸上的灰和汗
坐在一张铁制的椅子上
吹着电风扇

刚才，他还在炉前
加着合金、调着成分
炉火像一群孩子围着他
让他的脸上多了一些风霜

十分钟休息
也不得安宁
要盘算住院的妻子谁去服侍
还有一天，孩子就开学了
没有着落的学费
送来秋风萧瑟

眼前的烟圈
一个套着一个
化为一个个问号

淮钢记

笼罩着他阴霾的日子

当他再次走向炉台时
炽热的钢水
像一缕阳光
驱散了他心中的乌云

(2016 年 9 月 4 日)

每块钢都是响当当

走进这片热土
满眼都是钢铁

一块靠着一块
一块挨着一块
一块贴着一块
一块挤着一块
大的小的
高的矮的
肥的瘦的
老的少的
汇集在一起
就是一支狼群、狮群、虎群

在这集团军中
师傅是钢
炉长是钢
工长是钢
徒弟是钢
我也是钢

淮钢记

人人是钢

粗犷的钢

刚毅的钢

坚强的钢

幼稚的钢

希望的钢

块块是强者

钢铁丛林的法则告诉我

即便一块

生锈的钢

垃圾的钢

废弃的钢

重新冶炼一下

也能变成一块响当当的钢

(2019 年 8 月 2 日)

陪淮安电视报黄女青记者采访

2014 年 2 月 18 日
是一个下雨天
我陪淮安电视报记者黄女青采访
也陪着她那好奇的目光深入钢铁

她从炉声中
听出钢铁工人的心声
从轧机中
看到最美的感动
从炉火的燃烧中
找到钢铁的神圣

我陪着她
像陪着一个好奇的问号
她问这问那
仿佛在探寻一道
有关钢铁的哥德巴赫猜想
我陪着她
像陪着一位钢铁工人

淮钢记

她和工人们在一起
不放过现场的每个细节
工作台上一位工人贴着的"福"字
让她从中挖出一块钢铁的内涵和意蕴

一天的采访
带来了她一天的劳累
也带来她一天的收获
临别时，她对我说
钢铁是另一片大海
最美的劳动就是大海上奔腾的浪花

(2014 年 2 月 20 日)

厂区的工棚

类似于乡村路边搭建的草棚

我们坐在这里喝茶、吸烟、聊天

像一群农民坐在树荫下纳凉

不知什么时候下雨了

这样的天气有点像老王的心情

——前几天他母亲查出了胃癌

有点像小李的脸色

——昨夜他熬了一夜，为儿子上学取号

这时，师傅正望着天空

惦记着乡下的麦子还没有收

云压得很低，雨还在下着

我拿起一把陪伴多年的口琴

制造着一些晚祷的钟声

希望这颤动的温暖和浪漫

能抵挡着天上掉下来的雨

或许这样，我们的心灵

才能获得片刻的安宁和芬芳

（2014 年 10 月 18 日）

多一块骨头

医生说，我的体内
有 206 块骨头
而我却说，207 块

怎么多了一块

那是我用雷电霜雪吹打而成
用大地的伤口播种而成
用天上的星星陨落而成
用烈火锻打而成
用钢铁的光和热凝聚而成

多了这块骨头
我的体里就长出马蹄、犁铧、宝剑
长出春暖花开、松竹梅菊
风雨遇见我只好绕着走
冰雪遇到我也得退避三尺

（2019 年 8 月 10 日）

从加热炉爬出的工友

干了一夜活
从加热炉爬出
他们像矿井中的"煤黑子"

安全帽是黑的
工作服是黑的
翻毛皮鞋是黑的
手是黑的
脸是黑的
颈是黑的
经过夜色的漂染
他们已成为夜色的一部分

只有他们的
眼白是白的
牙齿是白的

仿佛夜空中的星星和月亮

（2015 年 6 月 5 日）

叫一声钢铁

叫一声钢铁
一群高高低低的庄稼
穿过风，穿过雨
前呼后拥着
载着我衡阳雁去的柔情

叫一声钢铁
心中的滚烫
穿过汗水和爱情的密码
在我记忆的收藏夹里
散发着幽蓝的光
蛰伏在我时光的轴线上
记载着大于我生命的历史

叫一声钢铁
像儿子呼喊母亲那样
掠过身旁的弧光
拍打着斜阳日暮的炉声
钢铁这个有根有须的土地
成了我自我命名的故乡

叫一声钢铁

这是一个赤子

对母亲最深情的啼鸣

即便我默默无语

相信轰隆的炉声

也能替我叫上一声

（2018 年 9 月 18 日）

对你的爱越深

对你的爱越深
我的青春
就不断给你添砖加瓦
每加一次
炉声就激动不已

对你的爱越深
我生命的火光就越发熊熊
它以太阳的名义
沿着时间的分针和秒针
簇拥着钢铁胎动的热情

对你的爱越深
我的前世也罢，今生也罢
不会只活在言语之中
而是以植物干、枝、茎、叶的感恩
在电与火的炉体里
以物理和化学的反应
抒写着秋天的色彩

（2018 年 7 月 9 日）

我不知怎样才能离开你

工作了一天
本以为可以离开钢铁
可是你像一个跟屁虫
跟着我一起回家

打开电脑
你走进我的文档
让我的每个字
起舞着钢铁的温度、形状和味道
让我的每一行
染上了工友们的身影

夜深了
你还是不肯离去
我拉上窗帘
你调皮地化为窗外的月光
把我的梦境
洒上
一串炉声
一片钢花

淮钢记

一个深情的吻

亲——钢铁
我不知怎样才能离开你
我们没冤没仇
你为什么总是这样缠着我
连梦中，也不肯放过我
多希望这个梦
能像电闸一样
拉过之后，世界一片黑暗

（2017 年 12 月 22 日）

还有一个名字

除了自己的名字外
我还有一个名字——钢铁工人
在世俗人的眼里
这个名字
比我的小名还土
从我进厂那天起
就没小瞧过它
当我掏出心中的太阳献给它时
这个名字上
长出了雪莲花的洁白
为了不让人去践踏
我像保护自己的眼睛一样
保护它

(2007 年 7 月 28 日)

冶炼过

冶炼过
一如刮过的春风
吹绿一片草地
吹红一树桃花
吹白一树梨花

冶炼过
一如来到金秋十月
梨子黄了
苹果红了
稻穗压弯了腰

冶炼过
一如经历过一次炼狱
遇风我能化作云帆
逢雨我能化作阳光
见冰我能化作春天

（2019 年 7 月 31 日）

第一次炼钢

第一次炼钢

时间：1999 年 6 月 12 日下午 4 点

地点：电炉车间

我手抓一把汗水

投入熊熊的炉火

雷声滚过之后

种子纷纷发芽

再抓一把闪电

钢水像五月的麦子

纷纷扬花、灌浆

第一次炼钢

有点胆怯

有点笨拙

师傅鼓励的目光

让内心的风雨多了几分平静

第一次炼钢

更有几分激动

当丰收的气息扑面而来时

淮钢记

我的钢钎上已飞舞出喜悦
师傅送来金灿灿的赞许
让厂房外那棵树也摇出长大后的欢愉

（2019 年 8 月 5 日）

多　想

多想和她有个约会
不在公园
不在月下

多想和她谈一场恋爱
不是风花
不是雪月

多想给她一个吻
用热情和疯狂
把她吻成太阳

她就是我的钢铁

（2007 年 11 月 21 日）

最后的麦子

这是新建炼钢车间的一角
我看见最后的麦子
在晚风中，无忧无虑摇着乡情

这片金灿灿的笑容
以农业的神圣和庄严
头顶蓝天和白云
可是城市不理会它们
乡村也不收割它们
它们像一群失去父母的孩子
又像屠格涅夫笔下的多余人
遗弃在工厂的缝隙间

只有我这个漂泊在外的人
用同病相怜与它们相依为伴
扑面而来的麦香
像黄昏中的炊烟
将我心头的乡愁撩拨

（2014 年 5 月 30 日）

第四辑

速写人物

淮钢记

风 景

——给何达平，并致聂洪德、邓俊、赵尔薰

用钢与铁作颜料
用风雪雷电作笔
钢城就有了最迷人的风景

你喜欢站在高高的炉台远眺
也喜欢钻进潮湿的炉底对话
这样的场景，因为炉声越响
你的心跳就越大江东去

流动的风景
从运河之北到运河之南
从焦化厂到烧结厂
从炼铁厂到炼钢厂再到轧钢厂
每到一处
都是千淘万漉
点线面的精彩

用太阳的光芒描绘
用时光的词根勾勒

钢铁的风景

与奔流的铁水，欢笑的钢花

互为映衬

构成一幅天高云淡的壮丽图画

当我把目光投去时

晨光的脸上泛起一片红晕

（2020 年 2 月 9 日）

轧机美学

——致刘祥，并给严士富、孙健、张银生

美从不吝啬
它用一排排轧机
为我描绘了一片高大、雄壮、威武

去掉浮云
你以执着为词
播种星星
荏苒的时光
在轧机与轧机的旋转中
长出一垄垄丰收

想到加热炉出钢时的情景
那火热的，不仅是炉火
还有上紧发条的秋天
和你追赶钢材这只飞鸟的脚步

热爱从不会止步
如果进一步深入
你对着孔型的动作

给轧机写下了一个美学的剪影
加快了钢材奔跑的速度

（2020 年 6 月 20 日）

壮美的铁水

——给叶首奎

我不是炼铁工
有幸有一次
陶醉在壮美的铁水中

夕阳西下
那映红铁厂的霞光
不仅惊动了高炉
而且伴着铁水的奔流
铿锵着你远方的深情

一炉风雨
一炉冰霜
是你写在铁厂河山上
遮不住的壮美
即便高炉的密码再难懂
也能发出岁月的嘹亮

壮美就是壮美
即便把它放到

岁月的最低处

也改变不了它的品性

就像你一旦喷薄

就会绽放出太阳的光芒

（2020 年 6 月 17 日）

致一块焦炭

——给吴建海

这么多年
你一直在模仿焦炭
还想模仿焦炉和拉焦车
努力把自己的心跳
与焦炭的心跳融为一体

披一件朦胧的暮色
走进焦化厂
我发现一块块焦炭
个头相仿
长相一致
也在模仿你的模样
仿佛只有变成你
才是一块真正的焦炭

拿起一块焦炭
在手中掂了又掂
那沉甸甸的重量
多像你烈火中的人生

在风雨交加中

追赶着一个春天

（2020 年 4 月 16 日）

访 友

——致杨庚报

每次拜访你

不会去你办公室

而是对着厂门口的钢材库

大喊一声

钢铁回应

一会儿

一个熟悉的身影从钢材堆中露出头来

（2019 年 8 月 13 日）

炉长的笔记本

——致电炉车间高方兵

封面破损
内页翻卷
这是炉长的笔记本

翻开它
炉声的长势扑面而来
钢铁的心跳怦怦直响
每个字都是
电极的激情，弧光的速度
每一行都是
转炉、钢花、氧枪的岁月
字虽潦草却能遮风挡雨
页面虽有油污却能溅出笑声

炉长的笔记本
是钢铁的晴雨表
装着钢铁的身段
跑着钢铁的节奏
和钢花一起

淮钢记

缤纷着日出的壮丽

轻轻地
从这一页翻到另一页
一个华美的转身
是惊蛰之后
钢铁传来的风声雷鸣的拔节和激动

（2019 年 7 月 3 日）

一只蚂蚁

——致李恒宝

每次你爬进加热炉
我总会想到蚂蚁

这是一只啃着炉渣的蚂蚁
炉渣比骨头还硬
啃不动时
你用风镐去啃

钢铁在高温下会融化
血肉之躯不是钢铁
你拼不过炉内的高温
就穿上一件
用水淋湿的棉袄作铠甲
当你从炉膛中爬出来时
身体就变成一台蒸汽机

风吹走了穿着风衣的往事
吹不走的是
这只蚂蚁

它始终爬在我的记忆中
大口大口啃着骨头

（2019 年 12 月 12 日）

蹲在生产线上吃饭的人

——给葛盼亚

一手端着饭碗
一手操作按钮
流水线的节奏
让你成了
一位蹲在生产线上吃饭的人

一顿饭时间不长
你多次丢下饭碗
用秒针的脚步
去调节烧嘴
用分针的节奏到炉底捣渣
穿着连衣裙的炉火
打在你的脸上
让口中的饭菜
增加了太阳的味道

这就是我的工友
我用勤奋的白描
为你勾勒了一幅剪影

抒情之外
我看到低沉的天空
依旧保持着一份湛蓝

（2018 年 4 月 3 日）

素　描

——写给炼铁工季建海

一阵紧张的忙碌之后
你站在高炉旁
用电风扇吹着身上的汗水
汗还没有干透
又急急忙忙走向铸铁机

以血肉之躯
守护钢铁
抬头是蓝蓝的天空
低头是横刀立马的大地

近看
身旁有身强体胖的高炉，风度翩翩的铁水
露出灿烂牙齿的生铁
还有呢
是远处勤劳朴实的行车
和穿着华美裙裾的天边

（2020 年 7 月 28 日）

187

一颗红心

——致炼铁厂无偿献血者徐雅君

我不认识你
不妨碍我写作这首诗
因为你拥有一颗红心
我在远处，也能看见

人无血则死
缺血则弱
你懂得一滴血
对生命是多么重要
正因为如此
你默默加入无偿献血的队伍
用春风化作春雨
让干涸的心田
燃起一片新绿

你献出多少血
我可以到血站统计出
你献出的爱
我就是用高等数学也难以计算

因为你生生不息的力量
已像一个接力棒
传遍整个人间

徐雅君是你的名字
你还有另一个名字
叫一颗红心
我也可以叫它永生

（2020 年 7 月 11 日）

汪师傅

——写给汪加宝

他是维修工时
我们叫他汪师傅
当他当上机电工段长时
我们依旧叫他汪师傅

背着一只褪色的工具包
右耳夹着一支铅笔
画图时
喜欢推一下鼻梁上的眼镜
眼睛眨了眨
一张备件图便从他手中绘出

他的图纸上
总沾着汗水
浸着油迹
伴着设备的共鸣
像雨后的草地一样
新鲜、葱绿

图纸上的线条

是一阵阵呦呦鹿鸣

响彻着钢铁森林中的嘹亮

图纸上的数值

是一匹匹骏马

奔驰着钢铁草原上的辽阔

我路过这里

此时

此景

让我的心跳

和他手中的图纸一样光彩照人

（2017 年 10 月 30 日）

小 憩

——写给老二轧厂备料工段长段宝祥

从加热炉中爬出
满脸是灰
用手一抹汗水
黑色的脸
像魔术师似的
一下子变成花脸

半百的沧桑
坐在
一块黑褐色的钢锭上
正被一缕阳光照耀成
一幅青铜的庄严

抬起头
一只雄鹰
正从他的头顶划过

（2019 年 8 月 22 日）

自画像

出完钢
他站在加热炉前远眺
阳光从厂房的窗口走来
正好给他画了一个剪影

身影不高也不矮
工作平凡而不平庸
地位卑微而不卑鄙

钢铁的画册中
他不是封面人物
只是其中一页
因为手握钢钎
让他有了
山的巍峨和海的形状

这个人是谁？
他就是我
——一个普通的加热工

（2017 年 10 月 1 日）

再次为自己画像

先画一朵钢花

它散发的芬芳

是我生命的气息

再画出一泓钢水

它奔腾的方向

是我远方的梦

最后，再画一块钢铁

它的坚硬和刚毅

代表我的体魄和性格

钢花

钢水

钢铁

这是钢城三种最寻常的事物

我用它

作点、线、面

为自己画出了一幅像

（2018 年 10 月 5 日）

给标识工兼致小妹张艾萍

这是钢材库
放眼望去，一堆堆钢材
像一望无垠的庄稼

目光停泊处
一个橘红色的身影在移动
这样的情景，像我小时候
看见一位农夫走进一片玉米地

这是一个熟悉的身影
此时的她，正在给钢材张贴标签
娴熟的动作
犹如一把镰刀优美地划过庄稼
等待着时间对它的改变

五月的天空很湛蓝
一位标识工
是我眼中最美的镜头
作为诗人
怎能让这样的诗句从我的笔下流走

（2014 年 5 月 27 日）

写给师傅祁兆高

与师傅相处久了
除了长相之外
不论是性格还是处事方式
渐渐趋于相同

从一块钢中取出爱
生活已把师傅打造成另一块钢
而师傅呢
则从奔腾的炉火中
把我冶炼成另一个他

我不知道
别人怎么评价我俩
当我与师傅迎着晨曦走在一起时
路旁的钢铁正在窃窃私语
瞧，这两个人
多像一对孪生兄弟

（2018 年 3 月 14 日）

写给邵文同

拿着一根听棒
你像一位医生手拿着听诊器
在给轧机区域的设备
测量着
血压、心跳、血糖、脑电图
每个异常的征兆
都逃脱不过你的法眼
有时，你又像一名值班护士
穿梭在每个病房里
检测、监视着
每台设备的健康情况

对那些重要设备
你又像对待特殊患者一样
为它们建立起健康台账
定期对它们进行体检
每一个检查指标
都是你评估患者健康情况的法宝

对于重症患者

你又当主任医师，又当护士
为它们开处方
服药、打吊针或做手术
当它们病愈后
你欢快的心情
像雨后的天空一样灿烂

（2016 年 12 月 3 日）

老　吴

老吴，磨一下样子
老吴，领两袋合金
只要有事，我们总这样使唤他

有时，他的速度不够快
还会骂他一句
老吴听了，仿佛没听到一样
在他心中
世界上好像就没有"骂"字

他是个沉默的人
也是个单调的人
单调得他的世界里
只有钢钎、铁锹、叉车
以及白天和黑夜

他壮得像头毛驴
使出的驴力
有着钢的力度和铁的美学
可他却是胆小鬼

淮钢记

看见一条毛毛虫
吓得浑身发抖

他的酒量也没有钢铁工人的风度
一次只能喝上小半杯
有一次，被人劝了多喝半杯
结果，我们兄弟几个
用一辆三轮车把他送回家

叫了一辈子老吴
竟然不知他真实名字
直到有一天
他的一位亲戚来找他
问吴大魁在哪里
我愣了好久
才想起他就是老吴

（2018 年 4 月 30 日）

金师傅

叫一声金师傅

他额上的皱纹

像时光的轴线一样

慢慢散开——

三岁，丧父

六岁，失母

十岁，要饭

十六岁，挑河工

十九岁，娶了一个被人遗弃的女人

三十岁，已成了四个孩子的父亲

他左肩扛着风雪

右肩担着冰霜

常常不吃早饭赶来上班

有时，脸上还写着雷雨之夜

踩着三轮车的疲惫

偶尔，他会在班中打盹

这种行为是违反厂规厂纪的

这时，我假装没有看见

淮钢记

拐了一个弯
借着一个楼梯
走向另一个地方

（2016 年 11 月 5 日）

2014 年"五一"国际劳动节

——悼轧机工姚红星

今天，是"五一"国际劳动节
全世界劳动者
有多少人在放假
有多少人在加班
我不得而知

今天，我和往常一样
去单位上班
和机器守在一起
像乡下的老父
扛着锄头走进田间

就在今天，一位名叫姚红星的工友
因意外离我们而去
他的勤劳
他的友善
让我不得不为他写一首诗

我要写一写

淮钢记

他沾满油污和汗水的工作服
他手中磨得雪亮的卡尺
他班前会上留下的最后一句洪亮的话
他更衣柜里留下的还未来得及买早饭的五元钱
最后，我还要写他手机桌面上的一张女儿照
那是一个人到中年的父亲对养女的爱

今天，是"五一"国际劳动节
全世界劳动者
有多少人在放假
有多少人在加班
我不得而知
我所知道的，一位工友离我们而去

（2014 年 5 月 1 日）

闯进我梦中的工友

——悼平板工孙凤歌

他离开人世已经多年

今夜，突然闯进我梦中

像以前那样板着面孔

不过，一直刚强的他

这次有点扛不住了，不停对我唠叨

自己的左腿很疼

问我有没有治疗的办法

我不是医生

只好抱着他的大腿放声大哭

这一哭，泪水就把我的梦浇醒

今天天气有点阴沉

我的心情也是湿漉漉的

工友是被卷扬机绞断腿离去的

想到很久没有去坟上看他

便捎上一瓶酒，一些纸

他生前喜欢喝酒

淮钢记

愿他喝过酒后，能减轻疼痛

（2019 年 3 月 26 日）

工友之死

——悼炼铁厂电工马龙

马龙死了

上班时，听到这个消息

我一下子跌坐在办公桌前

我和他只见过一次没有说话的面

他的话都被他在散文中说尽了

我们是工友，也是文友

他流淌的铁水鸣叫着热爱，正是我的热爱

听说，他在昨夜上班途中因喝醉了酒而死

路上的冷漠比他的身体还要凉

路上的冷漠比他的身体还要凉

听说，他在昨夜上班途中因喝醉了酒而死

他流淌的铁水鸣叫着热爱，正是我的热爱

我们是工友，也是文友

他的话都被他在散文中说尽了

我和他只见过一次没有说话的面

我一下子跌坐在办公桌前

淮钢记

上班时，听到这个消息

马龙死了

（2016 年 2 月 20 日）

附录

相关评论

钢铁绽放的现代花簇

——评《淮钢记》兼论工业题材诗歌写作现代性

苗雨时

新中国的钢铁工业，建国初期，底子十分薄弱。第一个五年计划期间，1957 年，钢产量只有 535 万吨。经过改革开放，几十年后，2018 年我国钢产量已超过 11 亿吨。特别是 21 世纪以来，随着高科技的进步和环保意识的增强，我们的钢品种和钢质量有了飞跃的提升。现在，中国已成为全球第一大钢铁生产国。钢铁工业是国民经济发展的根基和母体。不仅关涉我国的制造业、人民的日常用具，而且也是军工企业乃至航天事业基础材料的来源。甚至可以说，钢铁业的水准是我国现代化建设的一个重要标识。

然而，长期以来，文学反映钢铁工业题材的作品并不是很多。1955 年，有周立波的长篇小说《铁水奔流》。诗歌方面，20 世纪 50 年代，有冯至的《我歌唱鞍钢》、张明权的《拂晓的灯光》、张见的《无缝钢管来到锅炉间》等；1958 年，还涌现了《地上红炉赛星星》等一些民歌。经历"文化大革命"，进入新时期，诗人们致力于历史反思的宏大叙事，21 世纪以来，又在市场经济大潮中，沉浸于生存困境的日常写作。虽然，新诗潮风波迭起，但关注实体工业题材的诗作却很少。

源浚者流长，根深者叶茂。诗人月色江河一直工作在钢铁企业，凭着自己独特的钢铁生活资源，通过反省，超离日常琐屑，写下了百余首诗歌。《淮钢记》为我们打开了新的诗歌视域，也开拓了诗歌新的现代性的美学境界。

请看，"《钢花盛开》"："哇，好大好美的一片山花"啊，像杜鹃，像山茶，像金色的油菜花。"每一朵都是我心爱的孩子"，在祖国母亲的胸前，跳荡，冲击，顽皮而姣好，朵朵都带着"阳光"的灿烂和"味道"。

请听，"《雷声响起》"：隆隆掠过，惊天动地。这雷声从炉台响起，滚过春夏秋冬，穿越风云岁月，震撼人们心灵。"雷声是速度/雷声是号子"，"雷声"是工人们的"节律"，"雷声"是祖国的"心跳"。它是我们民族的"呐喊"，也催生了人们生活的"发芽、开花和结果"。尤其是，雷声轰毁了暗夜，迎来了黎明，见证了中华民族从贫弱而奋然崛起。雷声是炉声，也是钢铁的撞击声。敲一敲各种钢材，"《每块钢都是响当当》"：或高亢，或低沉，或粗犷，或深细，大如急雨，小如珠玉……这是震响大地的钢铁鸣奏曲，它唱响的是民族的凝聚力和顽强拼搏的创造精神……

这种工业化建设的景观和旋律，壮阔华美，响彻大地，装点了中国现代化的史册，奏响了时代精神的乐章。然而，这一切，都是由我们的科学家、工程师、技术人员和钢铁工人共同创造的，是他们的智慧和辛劳汗水，推动了铁水奔流，钢花飞溅。诗人走进了炼钢现场，感受到了炼钢劳动的热度、强度和壮美。他翻阅"《炉长的笔记本——致电炉车间高方兵》"，从那"封面破损/内页翻卷"的字里行间，领略了：

炉声的长势扑面而来

淮钢记

> 钢铁的心跳怦怦直响
> 每个字都是
> 电极的激情，弧光的速度
> 每一行都是
> 转炉、钢花、氧枪的岁月
> 字虽潦草却能遮风挡雨
> 页面虽有油污却能溅出笑声

工人们炼钢，就像农民们种地一样。庄稼有生命，钢铁也有生命。只有了解它们的脾气、秉性，才可能把它们侍弄好。"走在炉台／听一下钢水的声音"，就能知道这是"《一炉好钢》"。当然，繁重的劳动也有自身的乐趣，在"《厂区的工棚》"里，他们可以"喝茶、吸烟、聊天"，拉拉家常和子女教育；春节临近，"《车间的"福"字》"，也给人一种以厂为家的感觉和幸福。一切都基于劳动之上，虽然也有伤痛（《闯进我梦中的工友——悼平板工孙凤歌》）和乡愁（《最后的麦子》），但他们的生活是踏实、稳健的，并为祖国的强盛出力而感到自信、自豪。这就是中国工人阶级的尊严和人格伟岸！

关于中国当代诗歌的现代性，是应该与中国现代化的历史同步的。写工业题材的诗，不能排除在中国现代诗歌之外。工业题材诗歌的现代性，主要表现为两个维度：

其一，文化深层的人民主体性。主体性的确立，是现代性的基本原则。中华人民共和国的建立，作为现代民族国家，标志中国历史现代性的进入。从此，站起来的中国人民，开始创造自己现代化的历史，因此成了时代的主体。中国文学的现代性，肇始于"五四"新文化运动。最初是张扬个性，即确立个人主体性，救亡图存的战争年代，个人主体性转化民族主体性，新中国成立后，20世纪五六十年代，文学以人民为主体，人民成了文学主要的表现对象。文学讲述人民自己的故事，塑造作为人民主体象征的国家形象。经由历史的波折，到了新时期，文学又回归了个人主体性。但个体和人民是相通的。人的文学和人民的文学在人类生存的历史长河中可以合二为一。中国梦，既是民族梦、人民梦，也是每一个人的梦。中国诗歌，走过"之"拐的历程，如今已抵达了人民主体性的新的文学伦理。月色江河的诗歌创作，无疑秉持了这种文化深层的历史哲学，以人民为主体，书写人民的中国故事。因此，他写作钢铁工业的诗作，就具有了诗歌现代性的特质。

其二，科技术语入主诗歌。工业化进程中所体现出来的高科技的力量、速度和梦幻迷人之美，也是诗歌现代性的题中之义。著名诗人张学梦的《现代化和我们自己》，就标举了这种科学的崇高美学。早在"五四"时期，郭沫若在诗中，就把摩托车的"前灯"比喻成20世纪的阿波罗——太阳神。他称20世纪是"动"的时代。也正是"动"的时代，撬动了我们现在巨大的社会变革与历史转型。科技术语入诗，以科学表现生活，也许一时使人感到生涩、奇异，但它却拓展了农耕文化"小生产"的目光所无法企及的宏大的美学境界，为人们创造了一种现代性的新美学。张学梦把电脑比拟成《天上的向日葵》。他说："这次在精神的制高点上/人类脑系制作了/新话语的雷霆。"月色江河的《淮钢记》，也有着"钢铁的现代浪漫"，什么"转炉""电炉""炉声""钢花""电极""弧光""氧枪"等，都已入诗。虽然它们都被拟喻为自然意象，但其新的美学意涵，也已感应了时代急剧脉动的节律。这不能不说是诗人诗歌现代性的重要表征。

淮钢记

诗人月色江河的《淮钢记》，实现了从日常经验写作到工业题材写作的华丽转身，拓展了中国现代诗的一种新的历史方位，致力于一种新的现代美学的追求，即便技艺尚不够现代与纯熟，但其诗学理念方向是值得肯定的，只要坚持走下去，不断探索与创造，就一定能获得无愧时代呼求的收获，并使自己的创作攀上一个新的艺术峰峦！

2019 年 10 月 16 日

苗雨时，诗歌评论家。河北丰润人。1965 年毕业于河北大学汉语言文学系。曾任河北廊坊师专中文系主任。河北省作家协会第三届理事。1980 年开始发表作品。1990 年加入中国作家协会。著有《诗的审美》《燕赵诗人论稿》《从甘蔗林到大都会·当代诗歌卷》《当下诗歌现场》等。《简论诗歌的时间》获河北省第三届文艺振兴奖，《燕赵诗人论稿》获河北社科联社科三等奖。

情怀·突破·启示

——读月色江河诗集《淮钢记》

胡　健

　　我读过月色江河许多以乡村为背景或底色的现代诗，这一次又读到他的《淮钢记》——一本反映钢铁生活的诗集。《淮钢记》丰富了我对月色江河的认识，我觉得他更是一位"钢铁诗人"。月色江河在淮钢生活几十年，可以说，《淮钢记》是他在淮钢这座大熔炉里，用生命、时光和心血，为我们冶炼出的一种"优质钢"，也是"特种钢"。

　　这本诗集，首先打动我的是一种质朴、沉静而又崇高的情怀，即作者对钢铁、钢铁工人以及祖国的爱，这种爱是建筑在他的亲历性、非虚构性的，以及经验的、历史的、美学的生活基础上的。正如作者所说，"我的工业题材诗歌是不能重复前辈诗人的写法，应建立在现代诗歌艺术的基础上，在艺术上、思想上、精神上、审美上与他们有所不同，有所叛逆，有所突破，有所拓展"。"坚持诗歌是人学，也是社会学的创作理念。即为工人阶级代言，为人民大众立传，为壮阔时代画像"的美学思想。月色江河是一个行走在钢铁世界的记录者、沉思者、行吟者，更是一个与钢铁为伴的奋斗者。他怀着为天地立心，为生民立命的理想，以一颗赤子之心，通过自己独特的视角，从日常的、细小、寻常

淮钢记

的真实人物，真实场景入手，对钢花、钢水、弧光、高炉、电炉、转炉、电极等事物进行歌吟……为我们描绘出一幅火热的钢铁生活图。

如《最亲密的接触》：

步进梁、水梁、立柱、水封槽、流量开关
烧嘴、入炉辊道、烟道闸板、CP1 主控室
这些坚硬的事物，每天与我
保持最亲密的接触

钢铁的日子像一条大鲨鱼
我就是海明威笔下的那位老人
摆出一副搏斗的姿态
努力把炉底阴暗潮湿的岁月烘干
把低处的日子升到太阳的高度

把一生交给它们
它们不会不知道我流淌过的
汗水、黑灰、血渍、疼痛
我们是兄弟、战友、同命鸟
始终相依为命，相为砥砺，相互温暖

今晚
我又一次走向加热炉

那饱经沧桑的步进梁

带着生命的体温

与我一起负重奋进

它的样子

让我看到另一个自己

诗人没有闭门造车，也没有为赋新词强说愁，而是用蓝调的松弛和写实的笔法对钢铁生活做了细致的描摹，既生动、饱满，又富有生命的意味，散发着浓郁的生活气息。

再如《春天的加热炉》：

郑仕花坐在 CP1 主控室出着钢坯

杨顺兴站在钢坯库清点着钢种

周成江蹲在炉前调节着烧嘴

我在冷坯台架旁按着电钮在加坯料

还有新来的学员郑巧燕

像一只雏鹰

跟着郑仕花这只老鹰练习飞翔

春天的加热炉从不迷惘

以巨大的热情拥抱生活

我们这些追赶季节的人

不敢有半点怠慢

你听，厂房外的阳雀子

高一声低一声

淮钢记

仿佛正在为我们加油、鼓劲

这首诗用写真的笔法，对加热炉劳动场景做了具体而又细致
描摹，真人、真事，让人看到寻常生活中的庄严、高贵和意义。
读着这样的文字，仿佛看到一炉刚刚加热出的钢坯，那么地火
红，那么地热烈，那么地朴素，又是那么地纯净，那么地厚重，
那么地雄壮。

我们知道，许多年来，诗坛表现个人生活的写作成了风气，
月色江河却不为所动，坚持自己作为一名钢铁工人的诗歌美学不
动摇，这是非常不容易，难能可贵的，也是他对自己诗歌美学的
一种自信，因而非常值得称赞。他的诗歌美学立场，使他的作品
有了鲜明的个性、人性与人民性，在现代诗歌创作中显得颇具特
色。他的诗不属于小圈子，而且普通人都能读得懂。我以为，这
本身就是一种价值。也是那些标榜自己是先锋诗人、现代派诗人
穷其一生难以达到的高度。

钢铁作为一个特定的诗性空间，我在他的诗集中明显感到一
种对同类题材诗作的重要美学突破。新中国成立以来，也有一些
写钢铁厂或钢铁工人生活的诗作，不但数量少，而且质量不高。
月色江河对此有自己的反思，他从自己的生活出发，努力打破陈
规，寻找这类诗作的突破点，从原初的语言出发，着重突出钢铁
工人的主体情怀，大胆地把科技语引入诗歌，让人从中感受到
科技词语的神秘和力量，多侧面表现钢铁工人的生活，这就使得
他的钢铁诗与以往的钢铁诗有了明显而巨大的突破与超越。在写
法上，他的钢铁诗不再是观光式的浮光掠影，也不再是就事论事

的表面描画，作者通过自己的观察、体验、情感、想象与联想，也就是他的经验，使他的诗中的"钢铁"厚重实在、多姿多彩，而且通透光亮，富有钢铁工人的生活情趣与意味。如：

　　钢与铁叠加着时空

　　我以微分和积分的方式

　　计算着一朵白云对蓝天的忠贞

　　坚守这里

　　加料、吹氧、取样、制样、出钢

　　是我生命的成长

　　作为一名钢铁工人

　　站着，像钢铁一样顶天立地

　　活着，像钢铁一样结实刚毅

　　目光抵达的地方

　　感恩的钢水

　　为我打开更加辽阔的世界

再如：

　　摘下星星，采来月亮

　　今夜，我站在炉台

　　冶炼着一炉太阳

　　这是个有关春天的故事

淮钢记

与时俱进的弧光

和继往开来的钢钎

与开天辟地的神话进行对话

炉体以母性的包容与博大

收集着阳光、空气、电和时光

在夜色的最深处

精心熬制着一份浓郁的爱

　　他的诗立足于自己的脚下，以开放的、宏阔的，人文的角度，独特的意象，与整个世界联系起来。正因为如此，《淮钢记》虽然反映的只是一个企业，但我们丝毫读不到行业诗歌的局限性。而且，诗集中那么多的钢铁诗，相互补充，相互映衬，形成交响，确实给人以一种"钢铁家族"的气势与气派，这也是以往同类的诗作难以与之相比的。可以这样说，他的诗作是对同类题材的重要美学突破与超越。《淮钢记》把钢铁题材的诗歌创作推向了一个前所未有的美学高度，因而非常值得重视。

　　最后，我想说一下月色江河的《淮钢记》给我们的启示。月色江河生长在农村，后来进入钢铁企业工作，坚持业余创作，出版过多部诗集，这次又推出《淮钢记》，综观他的诗歌创作，有一个宗旨，也可以说有一条主线，走的是一条从生活出发的正道，坚持为生活而写作，为人生而写作，并能在这条路上不断有所开拓，所以才有今天这样的成就。难能可贵的是，他还坚持对文艺批评的学习与写作，并出版过专著。可以说，文艺批评的学习与写作拓宽了他的创作视界，也暗中影响着他的诗歌创作，他能写出《淮钢记》显然与他自己的美学思考分不开的。我想，他的创作道路，对广大的业余文艺创作者来说，应该说是有所启迪的——既要重视自己的生活根基，不盲目跟风，也要不断拓展自己的美学视界，超越自己，这样才可能在自己的创作道路上走得更远，飞得更高。

2020 年 5 月 20 日

胡健，1954 年 12 月出生，江苏沭阳人。当代诗人、作家、美学家，江苏省美学学会理事。著有《存在之光——美学引论》《存在与语言——20 世纪西方美学论要》《中国审美意识简史》《现代性与中国美学》，散文集《美丽的濡湿》，诗集《珍珠项链》等。

将诗与爱写到生命倾注的地方

——读月色江河《淮钢记》

十 品

有一个古老而无解的话题困扰我很久，就是人"为什么写诗"。如果没有诗，这个世界也就没有诗人这一说了，以至于没有了作家和文学。没有了文学、没有了诗歌的世界那又会是什么样子的？推论结果是"不可想象的悲哀与黑暗"。有理论家指出：诗的本质决定了它的奥秘最难穷尽。存在生成本质，宇宙间一切存在，其本质莫不处于永恒的生成中。根据辩证法的原理，事物的发展变化不会终结，人的认识能力亦有历史的局限，对事物奥秘的探究也便无法穷尽。谁也不能宣布自己像宇宙掌握雷电一样拥有最后的绝对真理。以此来解困扰话题，那么讨论诗歌、解读诗歌最大的益处就是在于通过诗歌认识一片新鲜的天空，通过诗人认识一个人的多彩的世界。果然，月色江河以他的《淮钢记》，为我们阐释了"淮钢生活"投注在他生活的底色上呈现出怎样的诗歌文本，带着怎样的深情和生命的温度。

月色江河在一家"淮钢"企业工作三十多年，他的青春岁月和人生命运都是与"淮钢"息息相关，所以，写"淮钢"似乎已经成为一个诗人表达对这个世界认识的一种方法了。在这里，

《淮钢记》显然给我们提供了一个原创文本。细读中，我们可以
了解到这个行业和奉献在这里的人的真实状况，更可以看到诗人
的思考、情感和心灵演绎的各种状态。一首"《活在钢铁里》"就
表达了"我"与"钢铁"的关系：世界很大也很小/小到狭路相
逢时/一块钢铁/成了我的生命之缘/把一生活在朝夕相处中/不离
不弃/成了我的宿命/一波一折的炉声/是春天飞来的燕子/千树万
树的钢花/是秋天一段流淌的往事/走在厂区里/我一边翻晒工业
的粮食/一边写着心中的诗篇/试图以转炉般的意志抵达钢铁/一
生活在钢铁里/向钢而生/向铁而死/生死之间/一块钢铁成了我人
生的命运。诗中诗人面对着钢铁在说给读者听，世界的大小与
"我"反而不如"一块钢铁"之间的关系紧密，因为那是有着
"我的生命之缘"的关系，那是"不离不弃""终生宿命"的关
系。作者面对着钢铁，从农人的"春耕秋收"中看到钢铁命运，
于是才有切入皮肉的回响"向钢而生，向铁而死，生死之间，一
块钢铁成了我人生的命运"。热爱"淮钢"对于每个"淮钢人"
来说可以有多种"爱法"，而每个人的"爱法"都是独一无二的。
月色江河就以放牧钢花的方式表达对淮钢的爱：握着钢钎/我像
握着一根羊鞭/放着一群钢花……密密麻麻的羊/挤满漫山遍野/这
些淋着风雨的生命/不因为卑微，就拒绝阳光/每一只都装着一颗
春天的心/夕阳西下/我和羊群们走在一起/互为嬉戏/此时，我觉
得自己/就是它们中的一员（《放牧》）。将钢花比作羊群是挺有趣
的，羊作为一种生命体的存在正是作者精神鲜活的象征，来自钢
花璀璨的闪耀和充满情感的期许，正是作者的真情流露。再看一

淮钢记

看：数着钢花/像我小时候坐在家门前/数着天上的星星//钢花很调皮/我指着这朵/它腾地一下跳到那边/我点着那朵/它又哗地一声蹦到那边/数了几十年/从没有数清过/我一直乐此不疲（《数钢花》）。与其将自己赋予一种机体之中，无疑从自己的童年中寻找痕迹。诗人把"数星星"与"数钢花"两相对折，更加获得一种情感暗示和宿命感，对淮钢的爱由此可见一斑。"淮钢生态园"是淮钢的一个生态公园，作者的感受是特有的："清澈喂饱了河水/便心满意足地睡了/一夜的月光/在它的梦中/伸出巨大的手/一遍遍抚摸着/树木、环岛和凉亭的温暖……一群野鸭翻过一片湿地/在芦苇丛中/衔着憧憬的枝叶/用一个新建的家/替代去年那只旧巢/在生态园/一只孔雀爱着/另一只孔雀它开出的屏/装满天空的云霞/多像我们钢铁一样的生活（《淮钢生态园》）。我已经想象到诗人眼中的"生态园"是有声有色的存在，诗中所表达的意象有水有树有"环岛和凉亭"，还有梦想的芦苇丛、孔雀的开屏、天空的云霞。这就是作者热爱"淮钢"的具体表现，因为"淮钢"有着钢铁一般的骨头、钢铁一样的沉默、钢铁一样鲜活生命力的"生态园"。

我最想谈论的是月色江河诗中的《钢铁工人的语言》。这首诗与他的其他诗都不同，完全是由名词和工具名称、设备名称、专业术语等词汇组成，却把热火朝天、轰轰烈烈、充满热度的钢铁厂全裸地呈现在我们的眼前：我们的语言是在高炉前，谈论铁矿石、耐火砖、风机房、熔剂、热风、休风、炉体结瘤/是在转炉前，谈论熔池、底吹、熔清、取样、吹氧、脱碳、扩散、脱氧、脱硫、喂丝、纯净度/是在连铸旁，谈论回转台、中间包、结晶器、拉矫机、振动装置、引领杆、电磁搅拌、火焰切割/是在加热炉上，谈论冷坯台架、输送辊道、步进梁、推钢机、加热温度、加热速度、冷装、热装/是在连轧机旁，谈论孔型系统、导卫装置、延伸系数、轧制表、张力、椭圆度、哈夫面、耳朵、划伤、凹坑/是在精整区，谈论飞剪、冷床、打钢装置、收集装置、矫直机、打捆机、标签、标牌、出入坑温度/是在化验室，谈论偏析、疏松、缩孔、气泡、夹杂、白点、裂纹、折叠、晶粒度、奥氏体、铁素体、渗碳体、珠光体……我们的语言是出铁口，是连铸机，是连轧机，是探伤机，是抛丸机，是液压站，是主电室，是主控室/是钢铁的高原平原，是崇山峻岭，是江河大海，是森林田野，是天空云彩，是花瓣果实/是钢铁的曲线直线抛物线，是圆圆的方方的正正的，是郁郁葱葱，是生机勃勃，是繁花似锦/我们的语言是现代钢铁工业的一部字典，《辞海》《辞源》《大不列颠百科全书》/是我们用生命之力岁月之功编撰的，最接地气、最具原生态、最具活力、有呼吸、有心跳、有温度、有情怀的汉语写作/是我们用独特的人文立场，建造起一座介于肉体和灵魂之间高高钢铁巴别塔/是我们通往钢铁王国的现象学、社会学、历史学、哲学、美学、诗学的总集和最高启示录。反复阅读，确实这些词汇或语言都是来自钢铁工人以及他们天天打交道的事物、生活空间、劳作内容，只不过他们不会如此罗列地交流，他们非常熟悉这些语言。这里所出现的词汇都是名词和不带动作的词汇，没有一般性的叙述和情绪表达，从传统的诗歌意义上看，这首诗是有违诗歌叙述的审美规律，他只是通过词汇的无逻辑的组合，打破正常的思维惯性，使读者一下子接受涌来的大量词汇，从中被这些不容分辨的词汇带来的信息感知所压迫，在这种压迫感中让人感受到钢铁的生活。现代诗歌在探索先锋意识的创作手法上也是做过这方面的尝试，我在二十年前就有过对名词密集效应方面的探索，当然有成功也有不尽如人意的地方。诗歌探索从技术上讲本身就是双刃剑，在打破原有审美模式的基础上，还要有新的理念和新的手段建立新的审美体系，其难度可想而知。不能用粗浅的懂与不懂给予定义。或许我们不懂没有理解的那一部分正是作者努力追求的最有价值的东西。而我们的不懂只是暂时的，一旦打通任督二脉，就会是另一番天地。诗歌创作本质上也是需要在不断否定自己中获得进步和勇气的。因此，我非常赞赏作者的这种敢于探求尝试的精神。

"淮钢"在普通人眼里就是一家钢铁企业，在国家工业产业序列中是第一产业。而在月色江河的眼里就不是一个简单的名词了。而是集自己献青春流血汗的地方，是自己汇聚亲情爱情的地方，是自己梦里梦外都离不开的地方。当诗写这个话题时，"淮钢"就会变得多愁善感，难以平复。特别是触碰那些离去的工友时，诗歌的形式便显得多余：马龙死了/上班时，听到这个消息/我一下子跌坐在办公桌前/我和他只见过一次没有说话的面/他的话都被他在散文中说尽了/我们是工友，也是文友/他流淌的铁水鸣叫着热爱，正是我的热爱/听说，他在昨夜上班途中因喝醉了酒而死/路上的冷漠比他的身体还要凉……这是诗的上半段，诗人仿若喃喃自语，平铺直叙。下半段诗人一字没变，只不过从最后一行往前倒过来，喃喃自语地叙述一遍。诗人为什么会这样叙述？显然，这是诗人悲伤之极的无言之举，也是诗人一种心情和愁绪，剪不断理还乱，乱到压抑得喘不过气来的一种表达。另一首《炉长的笔记本——致电炉车间高方兵》是写他熟悉的工友，诗中的炉长并没出现，出面的则是他的笔记本："翻开它/炉声的长势扑面而来/钢铁的心跳怦怦直响/每个字都是/电极的激情，弧光的速度/每一行都是/转炉、钢花、氧枪的岁月/字虽潦草却能遮风挡雨/页面虽有油污却能溅出笑声/炉长的笔记本/是钢铁的晴雨表/装着钢铁的身段/跑着钢铁的节奏/和钢花一起/缤纷着日出的壮丽//轻轻地/从这一页翻到另一页/一个华美的转身/是惊蛰之后/钢铁传来的风声雷鸣的拔节和激动。从这本"封面破损，内页翻卷"的笔记本上我们看到了，这位炉长的工作程序和实际状况。"钢铁"在这里就不再是冷冰冰的名词，而是火热的炼钢工段的操作流程，带着"电极的激情""弧光的速度""钢铁的身段""钢铁的节奏"的生活。炉长所记载的何止是工作程序呀，应该是一首诗呀，不用修饰文字，这些文字中自带着诗的跳跃和诗的意境。月色江河一直倡导写自己人生，在他的诗中得到了充分的体现。其实就是在用最真实最亲历的感受，写出最深刻的诗歌作品。我相信月色江河的写作思路也是基于这一点思考吧。

在《淮钢记》中语言表达也有可圈可点的展示，有些生动而有磁性的诗句是很有魅力的。比如：黎明的窗口/风刮着浓烈的

淮钢记

抒情/正负两极的电流以电极为中心/撕咬着荒芜、痛苦和黑暗/匍匐、隐秘与突进的心脏/在炉声中发出嘹亮的呐喊/在时间和空间的枝叶上互为共鸣/热情、呼唤、钟爱和创造/构成钢城临产时最美妙的乐章/如此，我紧握的岁月/以精准的数字和科学/在上下忙碌中/把一个谜底解密……（《冶炼》）。钢铁厂的冶炼程序一开启就是一连串现代化的操作，过去的炼钢炉已经换成了技术操作台。冶炼技术的进步也在改变着工人的劳动方式。诗人抓住了这一细小情节，再加以诗意的拓展和渲染，使得呈现出的场景既有声音的亮点，又有节奏的丰富。再如：我喜欢它，不是因为它是银，是金/而是钢，而是铁/它的形，不是银之形，金之形/是山之形，水之形，地之形/方正之形，生命之形，灵魂之形/它的色，不是银之色，金之色/是稻谷之色，麦穗之色，高粱之色/江河之色，高山之色，大地之色/它的光，不是银之光，金之光/不是耀眼之光，夺目之光/是褐色之光，朴素之光，星空之光……（《喜欢它》）。这首也在词汇运用上有着大胆的做法，以"形""色""光"等字眼，烘托推演钢铁的生活、质地、生命、情感，甚至是钢铁的灵魂。语言的灵活和丰富为诗人的内心表达做出了恰当的演绎。

月色江河写诗多年一直低调内敛，在文学评论方面也有着深入研究。一部《淮安文学批评与研究》让我们看到他对淮安文学所做的贡献。在他的诗集中还有一篇《写出新时代工业诗歌（创作谈）》，除了谈论这本诗集的成因情况外，还说到"工业诗歌"这一概念，尽管我有不同的看法，但对他坚持诗歌的信念和信心还是很敬佩的。有时我也会扪心自问：我为什么热爱诗歌？我试想过很多理由，可是又被我一一推翻。当一种爱不需要理由的时候，那么这个被爱者一定是幸福的。我想到了淮安应该有最纯粹的热爱诗歌的人，因为淮安有这种优良的诗歌传统，还因为淮安有这种适合诗歌的土壤。月色江河就是我看到的"希望之光"。

2022 年 10 月 18 日

十品，本名叶江闽。中国作家协会会员，中国文艺评论家协会会员。写作 30 年，发表作品 500 余万字。作品入选《中国新诗年鉴》《中国散文诗九十年》《21 世纪中国文学大系·2010 年诗歌卷》《江苏百年新诗选》等 100 多种作品选本。出版诗集有《十品诗选》《一个人拥抱天空》《穿过时间的河流》等十余本，另有诗论集《且看菊花开放》。曾获"野草杯"全国青年文学大赛诗歌一等奖、"诗神杯"全国新诗大奖赛一等奖及"十佳诗人"称号。

写出新时代工业诗歌（创作谈）

雅斯贝尔斯说过，艺术教会我们看待事物的方式。是的，在一般人眼中，"淮钢"就是一家钢铁企业。在我的眼中，它是我的人生史、心灵史、诗歌史，是我的创作源泉。我始终认为好的诗歌永远来自生活。

我是 1984 年 11 月份进入淮钢的。一转眼，我在这里已工作 30 多年。高炉、电炉、转炉、钢花、炉声、弧光、钢包、连轧机、加热炉、烧结机、焦炉等工业景象，以及一个个劳动场面、生活细节、工友身影等，常常跑进我的笔端，让我情不自禁写下了一首首诗。

写诗的过程是我不断追求、不断反思、不停调整、不断创新的过程。在写作工业题材诗歌时，我从以下几个方面进行探索：

一、注重亲历性。"诗是经验。"当 1930 年冯至先生把里尔克的诗歌理念翻译到中国以后，诗人们便纷纷注重起"经验"。随之而来的相似性、复制性的经验，给诗歌创作带来了不少问题。如何在日常经验、公共经验、历史经验、语言经验、审美经验中，写出属于个人的、时代的、社会的、历史的、文学的、审美的经验，对每个诗人来说，无疑是一次挑战。正因为如此，我希望自己的工业诗歌从自己写起，从身边人写起，从典型化的钢铁生活场景写起，通过见证化、异质化的生活经验，鲜明的行业特征、个体化的生命特征，以及人的情感、表情、基因、直觉等审美意趣，描绘出中国新时代工业生活的画卷，写出中国工人阶级的生存状态、生活状态、生命状态，以及他们命运境遇、完整人格、自我精神状态的群体形象，反映出钢铁生活空间、历史画卷和现实状态，使其具备社会学、现象学意义上的空间概念、史诗特征和美学价值。

二、强化非虚构性。"非虚构性"概念，最初是《人民文学》杂志提出的，通常指的是纪实性的"散文"和"报告文学"，或"传记小说"。这一文学现象自然引起我的兴趣和思考，作为一个诗人可不可以把它引入诗歌？正是带着这样的思考，我开始尝试非虚构性诗歌写作。"诗与真"，最能考验一个诗人的真与伪。陈超在《诗与真新论·自序》中说："无疑，在今天的具体历史语境中谈诗歌之'真'，肯定不是指本质主义、整体主义意义上的逻各斯'真理'，亦非反映论意义上的本事的'真实性'。而是指个人化历史想象力和生命体验之真切，以及强大的语言修辞能力所带来的深度的'可信感'。"在创作工业题材诗歌时，我坚持以自己的生活为主轴，通过亲历性、连续性、整体性的生活细节、劳动场面、真实人物等经验，引入叙事、戏剧、想象以及对现实生活空间、历史空间和文化空间等重构，使我的诗歌见自己、见钢铁、见众生、见社会、见时代。我想通过钢铁这粒露珠，折射出太阳的光芒，反映出"更广大的生活"（苏珊·桑塔格语）。我始终认为好的诗歌不应该回避自己亲历的生活，同时，它应涉及生活的方方面面，如政治、经济、文化、地域、宗教、民俗等，一旦回避了，就无法呈现其复杂、立体的宽度、厚度和高度，其作品的意义和价值就无法丰富起来。

三、从私人化写作中走出，坚持诗歌是人学，也是社会学的创作理念。即为工人阶级代言，为人民大众立传，为壮阔时代画像。作家蒋子龙曾说："即便是工业题材，最迷人的地方也不是工业本身，而是人的故事——生命之谜构成了小说的魅力。"丁玲也说过，一个真真为人民服务的作家，应该养成一种真真的，一切为工农兵的，冷静的，客观的忘我的大气概。"人民是历史的主体，人民也是一个一个具体的人。"在我的创作中，力求使自己的诗歌，闻到轰隆的炉声，看到灿烂的钢花，感受到钢铁的烟火气、生活气、生命气，努力把"为天地立心，为生民立命"的情怀与诗歌审美契合起来，只有这样，我的诗歌才能属于工人阶级，才能属于人民大众，这样诗歌才能更真实、更有效、更真挚。至于诗歌是否反映"大我"之情还是"小我"之情，还是让文学理论家去思考吧。我的观点很简单，与其坐而论道，不如用作品说话。

四、敢于突破传统工业题材诗歌写作范式。当下工业题材诗歌怎么写？如何写出不同于新中国成立初期的工业题材诗歌，不同于改革开放以来的工业题材诗歌，不同于打工题材的诗歌？是我一直思考的问题。新中国成立之后，我国工业题材诗歌有了较大发展，出现了如石油诗人李季、煤矿诗人孙友田等一批诗人。李季《玉门诗抄》《西苑诗草》《建设的歌》《石油诗（一、二集)》等作品，是以玉门油田、柴达木盆地等地石油工业建设为写作对象，写出一代石油工人形象；孙友田《煤海短歌》《矿山锣鼓》《煤城春早》《石炭歌》《矿山鸟声》《孙友田煤矿抒情诗选》等诗集，则以徐州贾汪煤矿为创作源泉，展现那个时代煤矿工人形象。此外还有傅仇创作的《森林之歌》《雪山谣》《伐木者》等10余部森林诗集，则是对伐木者进行歌唱，写出伐木者形象。作为前辈诗人，他们对诗歌的态度和做法，有自己的理解、自己的目标、自己的任务、自己的审美，加上受那个时代、历史、政治、人文环境等因素影响，他们创作更多偏向于生活状态的写作，偏向于革命、鼓动和教育的审美形式，创造出属于他们那个时代的诗歌形式。诗歌艺术发展规律告诉我，"化我者生，破我者进，似我者死"（吴昌硕语）。显然，我的工业题材诗歌不能重复前辈诗人的写法，而应建立在现代诗歌艺术的基础上，在艺术上、思想上、精神上、审美上与他们有所不同，有所叛逆，有所突破，有所拓展，不断指向时间、生命、爱情、伦理、自然、哲学等写作向度；注重前卫性、实验性、探索性，努力在意象、象征、意境、叙事、戏剧化、互文、拟作等技巧与手法做些探索和尝试；从语言、主题、思想、人生经历、个体经验、感觉方式、细节真切、日常生活、美学风格等方面有所创新，努力写出属于自己、属于社会、属于时代、属于历史的工业题材诗歌。

作为一名诗人，我愿意在工业题材诗歌创作上进行大胆探索和创新，这是生活赐给我的宝藏，我将加倍珍惜。

在诗歌日益个人化、沙龙化、边缘化、庸常化的今天，我希望自己的工业题材诗歌，"有筋骨、有道德、有温度"。正如托尔斯泰《战争与和平》中描写安德烈第二次遇到橡树时的一段话："光是我对自己的一切都知道是不够的，要让大家都知道，连皮埃尔和那个想飞到天上去的少女也都知道，要让大家了解我，我不应当只为我个人而活着，不要把我的生活弄得和大家的生活毫无关系，而是要我的生活影响所有的人，所有的人都和我一起生活！"

这就是我写《淮钢记》的初衷和宗旨。

2020 年 3 月 22 日初稿，3 月 28 日定稿

后　记

惊蛰一到，寒气下沉，阳气上升，大地呈现出一片勃勃生机。

历时二十个年头，当我完成《淮钢记》这部诗集时，一只叫不上名字的小鸟，站在我的窗台，亮着嗓子，叫个不停。这是一首春天的美妙小令。我的心情和窗外的春光一样灿烂。推开书房的窗子，阳光迎面而来，它仿佛看出我的心思，在我的脸上、身上，拍打着，暖暖的、柔柔的、轻轻的。

我禁不住诱惑，从小区出发，站在淮钢大桥上。眼前的空间发生了较大变化。运河两岸，厂房湛蓝，高炉耸立；运河码头，船只密布，"龙门吊"（龙门式起重机）来往穿梭，一片繁忙的景象。突然间，我觉得淮钢这座钢城在春光中显得格外的雄壮，格外的美丽，格外的充满活力。

这本诗集是我唱给钢铁的歌，唱给淮钢的歌，唱给淮钢人的歌。愿这支歌能带来一股力量，像阳光透过阴霾，给人以灿烂。愿我二十年笔耕不辍写下的文字，像这美丽的春光一样，给人以温暖。如此，我就心满意足了。

感谢淮钢这片热土，给我提供如此丰厚的创作宝藏。

淮钢给予我的馈赠，我将加倍热爱。

2020 年 4 月 3 日